感动心灵：最受欢迎的微型小说名家runn系列

我要是个女人多好

——陈永林幽默小说

陈永林 著

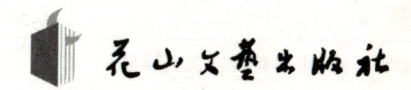

花山文藝出版社

图书在版编目(CIP)数据

我要是个女人多好：陈永林幽默小说/陈永林著
石家庄：花山文艺出版社，2005(2021.8重印)
（感动心灵：最受欢迎的微型小说名家名作）
ISBN 978-7-80673-715-6

Ⅰ．①我… Ⅱ．①陈… Ⅲ．①小小说-作品集-中国-当代 Ⅳ．①I247.8

中国版本图书馆 CIP 数据核字(2005)第 082371 号

丛 书 名：感动心灵：最受欢迎的微型小说名家名作系列
书 　 名：*我要是个女人多好*
　　　　　——陈永林幽默小说
著　　者：陈永林

策　　划：	张采鑫　滕　刚
责任编辑：	于怀新
特约编辑：	高长梅
美术编辑：	齐　慧
责任校对：	童　舟
装帧设计：	大象设计工作室
出版发行：	花山文艺出版社（邮政编码：050061）
	（河北省石家庄市友谊北大街 330 号）
销售热线：	0311-88643221
传　　真：	0311-88643234
印　　刷：	永清县晔盛亚胶印有限公司
经　　销：	新华书店
开　　本：	787×960　1/16
字　　数：	190 千字
印　　张：	13.5
版　　次：	2005 年 9 月第 1 版
	2021 年 8 月第 2 次印刷
书　　号：	ISBN 978-7-80673-715-6
定　　价：	39.90 元

（版权所有　翻印必究·印装有误　负责调换）

目 录 CONTENTS

第一辑　半小时的故事

- (2) 毒不死的狗
- (5) 怎样让局长生病
- (8) 精简
- (11) 我们的领导会笑了
- (14) 李大民之死
- (17) 给哥哥找女朋友
- (21) 死不瞑目
- (24) 命运
- (27) 半小时的故事
- (30) 治保主任

第二辑　交换命运

- (34) 好官
- (37) 会场上的鼾声
- (40) 好事
- (43) 想自杀的蒙弗兰克
- (46) 我要是个女人多好啊
- (49) 怎样让局长骂我
- (52) 画家王欣
- (55) 混饭公司
- (58) 软弱的女人

YOUMOXIAOSHUO

(61) 首富

(64) 醉汉找家

(67) 两个病人

(70) 交换命运

(74) 想进监狱的蒙弗兰克

第三辑 英雄的狗

(77) 走投无路的蒙弗兰克

(80) 倒霉的小偷

(83) 策略

(86) 英子的阴谋

(90) 一只狗的自述

(93) 挨骂公司

(96) 好领导

(99) 我是局长的狗

(102) 谁毒死了村长的狗

(105) 英雄的狗

(108) 李大树告状

YOUMOXIAOSHUO

第四辑 局长来家做客

(112)杨叶的遭遇

(115)地狱离天堂有多远

(118)你是一只老鼠

(121)花开花落

(124)替身

(127)两条狼狗

(130)局长来家做客

(133)该死的鸟笼

(136)给老婆找个情人

(140)树上的鸟儿

第五辑 复杂与简单

(144)李大手回家

(147)为仇人跑官

(150)官场阴谋

(153)李大脚之死

(156)一束旅行的红玫瑰

(159)穷村

(163)复杂与简单

(166)赝品

(169)幸福家庭公司

YOUMOXIAOSHUO

第六辑 死亡游戏

(172)招聘小偷

(176)村长,再踹我一脚

(179)官场游戏

(182)村事

(185)牛二丢了台电视机

(188)王厂长送礼

(191)心态

(194)死亡游戏

(196)门铃响了

(199)爱情圈套

(202)怪事

(205)乡村有案

(208)麦子

第一辑

半小时的故事

毒不死的狗

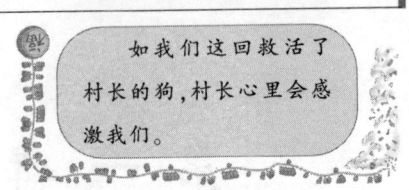

> 如我们这回救活了村长的狗,村长心里会感激我们。

青山从田畈里回来时,见院子里躺了一地的死鸡,心疼得针扎一样。又是村长那条狼狗!以往,村长那条狼狗只咬死一两只鸡,这回好,他家十几只下蛋的母鸡全让它咬死了。青山气得脸红脖子粗,哧哧地喘着粗气。

女人回来时,见了一地的死鸡,腿一软,就瘫在地上了。青山把女人扶起来,叹着气说,伤心有啥用?自认倒霉!女人说,这口气我咽不下。女人把死鸡装进蛇皮袋里,拖着袋子就出门。青山说,你干啥?女人说,我要找村长评理。青山把女人拉进屋,你吃了豹子胆?你如和村长吵翻了,我们还有好日子过? 女人说,我管不了那么多,村长欺人太甚了。青山说,有啥办法,有气往肚子里咽,谁叫它是村长的狗。再说,村长这条狼狗不只咬死了我们的鸡,村里哪家的鸡,那狼狗没咬死过?他们不找村长吵,我们为啥找村长吵?村里人都希望我们去跟村长吵呢。女人说,那我们家的鸡就白白让村长的狗咬死?青山说,你说咋办?女人说,拿老鼠药毒死它。青山说,我也想毒死这条狗,可万一村长发现我们毒死了他的狗,那

我们就别想在村里呆下去，还是忍吧。说不定，别人会毒死它。

村长的狗仍时时来青山家。青山放在桌上的菜呀饭呀，那条狗总爬上桌吃个够。青山再也忍受不了，便又想毒死村长的狗。青山买来老鼠药，放进肉包子里。青山把肉包子放在桌上的碗里，故意敞开门。

村长的狗果然来了。可那条狗还没进青山的屋，就在门口倒下了。那狗口吐白沫，四脚乱蹬，浑身痉挛着。青山知道这狗是吃了人家投的老鼠药。

青山忙喊女人，快泡肥皂水。女人说，你还救它？青山说，你头发长见识短。这条狗若在我们家门前死了，村长准以为我们毒死的，那我们能赔得起吗？如我们这回救活了村长的狗，村长心里会感激我们。到时我们如有事找村长，村长还不爽快帮我们办？

女人泡了一脸盆肥皂水。青山掰开狗的嘴，灌进肥皂水。狗把肚子里的东西全吐出来了。青山说，这狗没事了。你快去叫村长。一会儿，村长来了，村长见了躺在地上的狗，骂，这是哪个狗日的想毒死我的狗？青山脸上忙堆着笑，你这狼狗到了我门口，就躺下了。我忙给狗灌肥皂水，幸好灌得及时，要不这狼狗没救了。这时，狼狗从地上爬起来，摇摇晃晃地跟着村长回家了。

女人说，你本来说毒死这条狗，现在还救了它。村长的狗仍在村里作威作福，今天咬死东家的鸡，明天咬伤西家的小孩。村里人心里对村长的狗恨之入骨，都希望这条狗快死掉。村里人暗地都怪青山不该救了村长的狗，要不，他们家再不会受损失。因而村里人见了青山，都冷着脸。青山同他们打招呼，他们也不搭理。青山就解释，我也是没办法。村长的狗如在我家门口死了，那村长不说是我毒死的？青山把村里人全得罪了。

村长的狗有灵性。青山救了它，它后来再没来青山家干过坏事。一见青山，还摇头摆尾地亲昵。可青山仍想毒死它。女人不理解，它现在不害我们，你还毒死它干吗？青山说，它不死，村里人要受更大的祸害，那村里人就更恨我们。女人说，如果村长知道我们毒死了他的狗，那咋办？青山说，村长不会再怀疑我们。我们如想毒死他的狗，那上回为啥还救它？

村长的狗吃了青山放了老鼠药的包子走了。青山长长地舒了口气，这条害人的狗再不会害人了。

可是第二天，村长的狗仍活得好好的。前一天，村长的狗吃了青山放

了老鼠药的包子,走到牛二的门前"扑通"一声躺下了。牛二想,如这狗在我门口死了,村长不就说是我毒死了他的狗?牛二也泡了一盆肥皂水给狗灌下去。这样村长的狗又活过来了。青山便惶惶不安的,担心村长查出来是他毒害了狼狗。青山便后悔毒害村长的狗,又恨救活村长狼狗的牛二。

怎样让局长生病

> 可是怎样才能让刘局长得感冒呢？又没有让人得感冒的药卖。

新来的局长姓刘，刘局长原来是大学的教授。后来市政府公开向社会招聘处、科级干部，刘教授报考了，笔试、面试、答辩，刘教授一路过五关斩六将，很顺利地通过了各项考核。刘教授在大学学的电力专业，教的也是电力专业，因而被任命电力局的局长了。

刘局长书生气重，对机关的一些门门道道不懂。举个例来说吧，刘局长上任四个月了，竟没病过一次。以往的局长上任没几天，就住进医院了。局里的所有人都得去看望局长，去看局长自然不能空手，买些冬虫夏草、中华鳖精等营养品，省事的，直接给局长一个红包。这样，一者可沟通领导与群众的感情；二者让群众觉得领导同平常人一样，也会生病，领导在群众的眼里就平易近人；三者可增加领导的收入。领导为当领导，准花费不少，手头自然有点儿紧。领导手头紧，不利于领导工作，若领导工作累了，想休息一下，譬如请某个女士吃饭，上舞厅，或者在宾馆开房间，领导手头紧，哪敢请女士陪自己放松？领导劳逸没结合好，心情自然烦躁，

哪有心情为人民服务？下属见了领导凝了一层霜的脸，都忐忑不安的，都以为领导的冷脸是做给自己看的，都七想八想自己哪个地方得罪了领导，这样全局的人都没法安心工作；四者……总之，领导应该生病。

说实在，局里许多人盼着刘局长生病呢。刘局长生病了，可去探望，送礼送红包也送得自然，领导生病了，下属探望，人之常情。刘局长收礼也收得自然，都不难堪，气氛自然融洽，如求刘局长办个什么事，顺便一提，刘局长保证满口答应。如想成为刘局长的人，这也是好机会，可向刘局长表露今后效忠刘局长的心迹。

最想刘局长生病的是局办公室的何主任。刘局长不生病，那就是何主任的失职。何主任向刘局长汇报过："以前我们局领导生病，单位一般送3000元钱慰问金。"可刘局长就是听不出何主任的弦外之音。何主任总不能对刘局长说："刘局长，你快生病吧，局里许多人都盼着你生病，你生病了，一者……二者……三者……"再说，何主任同刘局长的关系还没到无话不说的地步。

因为刘局长没生病，三个副局长也极有意见。刘局长不生病，他们也不敢生病。以往，他们隔不多久，就轮流生场病。何主任就带着3000块钱慰问金去探望。局里的人也一个个去探望，财源就滚滚而来了。他们再上班时，心情很好，脸上满是笑容。如哪个局长的脸色一连两天阴着，局里的人就知道这个局长快生病了，那得快准备钱。刘局长四个月没生病，三个副局长四个月也没敢生病。副局长就背后骂刘局长假正经。他们自然不配合刘局长的工作。如开局党委会研究个什么问题，明明刘局长做出的决定对，三个副局长却持反对意见，与刘局长对着干。弄得刘局长没法开展工作，刘局长同三个副局长的关系弄得很僵。

何主任自然急，无论如何也得让刘局长生病。可怎样让刘局长生病呢？对，让刘局长得感冒吧。只要局长在家不上班，他就可去刘局长家送慰问金。可是怎样才能让刘局长得感冒呢？就没有让人得感冒的药卖。

机会终于来了，这天中午，刘局长躺在办公室的沙发上睡了，何主任蹑手蹑脚进了刘局长办公室，把空调开到最低档。上班时，刘局长的鼻子就塞了，还打喷嚏。何主任极高兴，哈哈，刘局长终于生病了。明天，他就可去刘局长家了。

可是第二天,刘局长又上班了,何主任说:"刘局长,你不是感冒了,怎么还上班?"刘局长说:"没事,我让老伴煮了碗放了许多辣椒粉的面条,吃得满头大汗,睡了一觉,好了。"

何主任想,要不,就让刘局长拉肚子吧。刘局长拉肚子,那总不会上班吧。刘局长一般中午不回家,中饭就在食堂吃。何主任就让厨师中午打一份变了质的猪肠给刘局长吃。何主任怕刘局长吃出异味,就让厨师多放一点辣椒,让辣味掩盖那异味。开初厨师不敢。何主任说:"出了事,我负责。"刘局长吃了变了质的猪肠,下午就拉肚子了。何主任怕刘局长第二天仍来上班,晚上带着3000块钱慰问金去了刘局长家。刘局长问:"这是干吗?"何主任说:"这是规定,每个局长病了,都得送3000块钱慰问金,局里的中层干部病了送2000块钱慰问金,一般干部送1000块钱慰问金。"刘局长不收。何主任说:"刘局长,你不能破了规定,你破了规定,别人对你有意见,工作起来就不配合你。"刘局长就叹着气收了。何主任又说:"刘局长,你明天别上班,这是同他们改善关系的好机会。局里许多人都希望局长病了,局长不病,他们不敢病。局长病了,副局长才敢病,副局长病了,中层干部才敢病,中层干部病了,一般干部才敢病。……局长一病,今后局里的工作就好干多了。"刘局长说:"谢谢何主任的实话,为了干好工作,我就病一回吧。"

第二天,先是副局长去探望刘局长,然后是中层干部,再后是一般干部。

刘局长这一病,竟收了3万多块钱红包,营养补品堆了一屋。

刘局长上班几天后,张副局长就病了。

刘局长再在党委会上研究什么工作时,三个副局长都支持。这样,刘局长的工作好干多了,仅半年,刘局长就干了三件让职工高兴的大事,刘局长先是建了几幢职工宿舍,然后改建了食堂,再修建了职工俱乐部。

刘局长就对何主任说:"如我早生病了,也不会上任几个月,一件事也没办好。"何主任就说:"你那天泻肚子,还是我让厨师打了份变质的猪肠给你吃。"刘局长拍了拍何主任的肩说:"真感谢你的良苦用心。"

后来隔不了多久,刘局长就生一回病,一生病,就住医院。

一年后,一位副局长退下来了,在刘局长的力荐下,何主任成为何副局长了。

精简

> 乡政府总不可以把两个门卫都辞退掉,留下三条狗来守门吧?

乡党委书记说:"今天开会的主要议程是如何贯彻实施县委刚发的第24号文件,文件大家也看了,就是精简机构,裁减人员。我们乡该精简哪些机构,该裁减哪些人,大家议一议。"

都不出声,吸烟的闷着头吸烟,喝茶的闷着头喝茶。会议室里烟雾缭绕,不吸烟的曹乡长呛得咳儿咳儿地咳起来,李秘书开了窗户,烟雾一团团的往外飘。

"怎么都不说话?"何书记的目光在每个人的脸上扫来扫去,何书记的目光一停在哪个人的脸上,那人就低下头。

这时,乡武部的薛干事说:"我们乡聘请了二十多个合同工,要不把这些合同工全部辞退……"小薛的话还没说完,就遭到许多人的反对:"乡政府聘请的这些人都是人才,这些人全裁了,乡政府的工作全开展不了。"要知道这些合同工都是与书记、乡长沾亲带故的。小薛刚大学毕业,又刚分到乡政府,不了解这些情况。

小薛便不出声了。

会场上又一片死静。

何书记说:"大家怎么都不讲?怎么一到开会都当哑巴?可在酒桌上讲起荤段子来,就一个个口若悬河讲个不停。其实小薛开初讲的也有点道理,大家可在这上面议议。"

小薛听了何书记的话,深受鼓舞:"合同工裁掉了,他们做的事,我们这些在编的人员全可顶着做。我们乡因为有了这么多合同工,什么活都叫他们干,反而把我们养懒了……"小薛社会阅历浅,不懂机关的门道,他把何书记随口讲的话当做真话听了。

何书记忙朝办公室曹主任使了个眼色,心领神会的曹主任打断了小薛的话:"我觉得可照去年精简人员的办法去实施。去年,我们乡有三个门卫,辞退了一个门卫,把那门卫工资的一半养了一条狗,我们乡政府大院的秩序更好了,也更安全了,一些闲杂人员都被狗挡在外面。整一年,乡政府才发生了几件被盗事件,这都是在狗生病时发生的。如果又辞退一个门卫,把那门卫工资的一半又养一条狗,有两条狗守门,那乡政府的安全不更有保障吗?这样既精简了人员,又增加效率,还减轻了乡财政的负担,这不符合县里的第24号文件的精神吗?"

张副乡长说:"那就把小朱辞退了。"

"还是把小赵辞退了,小赵工作不负责,一天到晚出去玩。"王副书记说,"既然当班时,也是占着茅厕不拉屎,把不该放的人放进来了,把该放进的人挡在外面。"

"小赵同小朱比,只是小巫见大巫。小朱一天到晚喝得醉熏熏的,还喜欢打架,而且还喜欢占小便宜,手脚不怎么干净,他早该辞退了。"

其实,小朱是张副乡长的表侄,小赵是王副书记的小舅子堂弟。他们争着把自己的亲戚辞退掉,主要还是为了门卫的那一半工资。去年辞退的那个门卫是何书记的一个远房亲戚。何书记把他家的狗牵来了,为乡政府守门。何书记每个月从乡政府领400块钱养狗。说是养狗,但从没给狗喂过食,食堂的剩菜剩饭足够狗吃了。逢年过节时,还给狗发福利作为改善狗的伙食的资金,狗不吃好怎么有精神守门?狗像人一样会生病,一年1000块钱的医疗费不算多。如若小朱或小赵被辞退掉了,那张副乡长、王副书记也牵来一条狗,不同样每个月领400块钱养狗费?不同样一

年可领1000块钱的医疗费？逢年过节时,不同样可领狗的福利？

两人争着辞退自己的亲戚,这给何书记出了难题,乡政府总不可以把两个门卫都辞退掉,留下三条狗来守门吧？

曹乡长说:"张副乡长不是还有一个表弟在报刊阅览室当管理员吗？报刊阅览室就留一个管理员,把你表弟辞退掉。"

张副乡长说:"资料室不可能养条狗吧？"

曹乡长说:"报刊阅览室当然不能养狗,但可以像食堂一样养猫呀。你想想,现在老鼠这么多,一些杂志报纸总被老鼠咬得支离破碎。如万一哪张报上刊登了重要的致富信息,刚好那张报纸被老鼠咬掉了,我们没看到,不能把信息反馈给农民,那不损害了人民群众的利益？所以说报刊阅览室一定得养猫。猫可享受狗的一切福利待遇。"

何书记高兴地说:"行,这办法好。这已裁减了两个人。大家看看,还有哪些人可以裁减。"

人大陆主任说:"食堂现有六个人,太多了,可裁一个人。杨师傅已老了,也不怎么讲究卫生,可辞了。再说食堂只养曹乡长一只猫,而老鼠又那么多,曹乡长的猫太辛苦了,一天到晚抓老鼠,没休息的时间,可再养一只猫。"

何书记说:"好。"

武装部的郭部长说:"乡广播站现有三个播音员,三人中,小玲的普通话最不标准,可把她辞了。我家有只画眉,一天到晚唱歌,唱得真好听。可把我这只画眉拿到广播站,让全乡人听听画眉的叫声,这样可陶冶全乡人的情操……"

何书记笑着说:"好,画眉享受狗猫一样的福利待遇。"

乡干部一个个争着发言。

散会前,何书记作了个总结:"这次会开得很成功,效果极其显著,我们乡已裁减了28个人……"何书记最后叮嘱李秘书,"你把我们这次开会的内容好好整理一下,上报县委,争取受到县委的肯定,把我们的经验在全县推广。"

我们的领导会笑了

> 领导便开始学笑。领导每天一起床,就对着镜子龇牙咧嘴地练。

领导自从当上我的领导后,再也不和我们嬉笑了,而是整天寒着脸。领导脸上的寒气能让我们茶杯里的水结成冰。领导的两道眉毛也整天紧紧拧在一起,眼里流露出的寒光让我们不寒而栗。我们都知道领导这是为了树立自己的威信,如再像从前那样与我们拍肩搂腰的称兄道弟,那领导今后怎么能领导我们?

领导自从那天他的领导来我们单位指导工作后,才知道自己不会笑了。

那天领导的领导见我们都绷着脸,很想活跃一下氛围。领导的领导便讲了一个笑话,讲完后,他自个儿先哈哈地大笑。应该说他讲的笑话很有水平,而且他笑得很富有感染力,但奇怪的是我们都没有笑。其实我们都想笑,但我们的领导没笑,我们哪敢笑,这样讲又错怪我们的领导了。其实领导一直在笑,领导一直陪着他的领导哈哈地干笑。领导只有声音,而脸上是一点儿笑容也没有。领导极想在脸上挤出一点儿笑容出来,结果脸上挤出干涩生硬的笑比哭还难看。领导的领导狠狠地盯了一眼哈哈地干笑的领导,领导心里更急,更想

笑,但领导更笑不出来。领导哭丧着脸说:"我怎么不会笑呢?"领导又朝我们使了个眼色,我们得到了领导的批示,便都放声大笑起来,有多大声笑多大声,一个个激情澎湃豪情万丈。而此时领导的领导早已止了笑。领导的领导用看猴子耍把戏的眼光看着我们,我们竟然还是哈哈地笑个不停。领导很是尴尬,领导寒着脸说:"你们还笑!"我们的笑便戛然而止。

领导的领导很不高兴地走了。

以后,领导便开始学笑。领导每天一起床,就对着镜子龇牙咧嘴地练。可能是领导脸上的皮肤绷着太紧的缘故,因而领导对着镜子练笑两个月,仍一点儿效果也没有,领导仍不会笑。

而此时领导的另一个领导又要来我们单位指导工作,领导自然很急,怕像上次那样惹领导生气。领导就对我们说:"你们谁能让我们笑,我给谁加奖金。"领导不给我们加奖金,我们也想让领导笑,这可是讨好领导的最好机会。要知道谁让领导笑,这可比给领导送几万块钱还讨领导的欢心。我们一个个绞尽脑汁想有什么招能让领导笑起来。

小王说:"领导,我讲一个笑话,看你能不能笑。"小王讲的笑话因带色彩,我不便讲出来,总之小王讲的这个笑话可算个精品笑话,特别是最后傻瓜那句,"哼,蜂蜜都流出来了,还说没蜜蜂?"让我们笑得前俯后仰,可领导没笑,脸上一点儿笑容也没有。小王说:"我再讲个笑话。"领导冷冷地一摆手说:"不用了。"小王一脸的尴尬。

小李说:"领导,我在大学里演过猴子,我在这演给你看看。"小李说着就作出猴子的样,挤眉弄眼、龇牙咧嘴、抓耳挠腮,还学猴子的吱吱的叫声。我们一个个笑得上气不接下气,可领导仍锁着眉绷着脸。小李说:"领导,我还会像猴子那样爬树。"我们同领导都来到院子里。小李脱掉鞋,抱住树干,刷刷地往上蹿。小李在树枝上时而老鹰展翅,时而海底捞月,我们觉得一点也不好笑,领导更没笑。小李可能见领导没笑,心里极急,想做出更难的动作,可一只脚踏空了,小李"咚"地一声摔在地上。小李抱着一条腿"唉哟唉哟"地呻吟,许久也站不起来。我们都围过去,关切地问小李的腿要不要紧。这时小张说:"领导笑了。"我们一看,领导脸上的皮肤放松了些,领导的表情似笑非笑。小李笑着说:"我们的领导会笑了。我们的领导会笑了。"我们都奇怪,领导怎么会笑,我们一点儿也笑不出来。

我们发现能让领导笑的秘诀后，我们让领导笑起来就很容易了。

我们自告奋勇一个个粉墨登场。先是当过兵的小周为我们，不，应该说是为领导表演他在部队学过的一套高难度动作，当小周鲤鱼打挺时，没看到地上的石头，小周的手腕碰到石头上，一向坚强的小周抱着手腕痛苦地呻吟起来，领导的脸上出现了几丝笑。

接下来小何拿一把折扇跳舞。小何跳舞时，眼睛不慎让扇子戳了一下，小何痛得在地上打滚，并且放声大哭。小何可是我们单位惟一的女性，她这一哭，让我们这些小伙子心里凄凄的极难受，领导却笑了。小何见领导微笑了，忙止了哭，喊起来："领导会笑了，领导真了不起，竟这么快就学会了笑。"

我们都附和小何，"领导真了不起，竟这么快学会了笑。"而此时的我在想，该我上场了，我该让哪儿受伤？我要争取让领导放声大笑，那我得伤得更厉害，对，就让领导见到血。那就让我掉一个牙齿吧，到时领导见了我一嘴的血，准会放声大笑。要知道还没谁有能耐让领导大笑，我若独占鳌头，那领导会怎么看我？我一激动，拿起一块石头，对领导说："领导，你现在看我。"我说着把石头狠狠敲在牙上。我痛得昏倒在地上。我醒来的第一句话就是："领导放声大笑没有？"

领导的领导来时，我们都站在院门口欢迎。许多行人看着我们笑，我们也觉得可笑。小李拄着拐杖；小周的手臂打着石膏，绷带吊在脖子上；小何这么漂亮的女人却成了独眼龙，她的一只眼睛用纱布蒙住了；而我的嘴肿得鸡蛋样大……当领导的领导见了我们时，哈哈地笑着说："我是不是到了社会福利厂？"领导想到我们是为博他一笑而伤成这样的，心里觉得很得意，这表明他在下属中绝对权威，领导不由大笑起来。领导一笑，就笑个没完。领导一边笑一边说："你们一个个都挺可爱。"

我们都激动地欢呼起来："我们的领导终于会笑了，领导了不起！真了不起！"

领导的领导奇怪地看着笑成一团的我们，我们那时跟着领导笑得一个个捂着肚子喊痛。领导的领导沉着脸喊："我看你们笑到什么时候？"我们都止了笑，领导仍毫无顾忌地哈哈大笑："哈哈，笑得真妈的过瘾！哈哈哈，哈哈哈哈，哈哈哈哈哈……"

李大民之死

> 李大民掏出3000块钱说:"玉梅,这点儿钱就算我补偿你的……"

南山村村主任李大民的死与一条狗有关。

这是一个很平常的早晨。鸡叫狗鸣的早晨。只是没鸟叫,李大民已几年没听见鸟叫。鸟吃了撒了农药的谷种,全被毒死了。乡下已见不到鸟,这并不奇怪,奇怪的是李大民打开院门,竟见院门口卧着一条黑狗。狗的毛黑得发亮。黑狗见了李大民,站起来,在李大民的腿上蹭来蹭去,摇首摆尾,并呜呜地叫。

这是谁家的狗?李大民把全村所有的狗想了个遍,也没想到这狗是谁的。那狗准是外村跑来的。

李大民不太喜欢狗,因而不想收留黑狗。隔壁的李大树说,李主任,狗来福,猫来祸,李主任家准大富大贵了。

李大民的女人也说,养了它。女人端来一碗排骨,放在地上。黑狗不吃,黑狗看着李大民,李大民说,吃吧。黑狗这才吃了。李大树说,这狗真聪明。李大民说,是条聪明的狗。

如果李大民能预见到后来的事,那他决不养这黑狗。

几天后,黑狗咬住李大民的裤腿,往外拉,李大民跟在黑狗的身后。走了很长的一段路,到了坟地,黑狗

不走了。

李大民狠狠踢了一下黑狗,李大民想再踢黑狗时,黑狗跑开了。李大民对这事并没多想。

又是几天后,黑狗又咬住李大民的裤腿往外拉,又是到了那块坟场,不走了。李大民这回想得很多,难道黑狗是死神派来的使者?要不黑狗怎么两次都把自己带到坟场。黑狗这样做难道是让他尽快地给自己选一块坟地?

没有比知道自己的死期更惶恐不安的事。

李大民想杀了这条黑狗。他拿老鼠药放进肉包里,扔给黑狗,黑狗嗅了一下肉包子,不吃。李大民又拿了根绳,系了个扣,想套住狗的脖颈,把黑狗勒死,黑狗躲得远远的。

这狗是魔鬼!是来收自己的命。

晚上,李大民躺在床上睡不着,想了很多。自己才40岁,怎么这么快就要死?难道自己做多了造孽的事?李大民把自己做的事想了一遍,从少年时偷生产队的西瓜想起,一直想到上个月收了李木根家3000块钱,一想吓一跳,他竟做了这么多坏事,多得让李大民自己都不敢相信。奸淫嫖娼,敲诈勒索,行贿受贿,什么坏事他都做了。

李大民出了一身冷汗,自己死上十回也不冤。

但李大民想对自己以前伤害过的人作一些赔偿,以减轻自己的罪孽,以免自己的罪孽祸及家里人。天快亮时,李大民才合上眼。

上午,李大民拿了3000块钱去了李木根家。李木根为批宅基地为进村竹器厂送了他3000块钱。李大民拿钱还给李木根时,李木根说啥也不肯要。李木根哭丧着脸,声音也夹着哭腔,村主任,难道我做错了什么事,说错了什么话?李大民摇摇头。李木根说,村里是不是想收回我的宅基地?或者不要我做竹器厂的工人? 李大民说,啥也不是,只是我觉得这钱不能收。李木根扑通一声朝李大民跪下了,村主任,求求您,别把钱退给我,要不我会吃不下饭睡不成觉。李大民要扶李木根起来,李木根不,你不收回这钱,我就一直跪着。李大民只有把放在桌上的那叠钱又放回口袋里了。

李大民又去了李长河家,李长河不在,李长河的女人玉梅正在院子里喂鸡食。玉梅见了李大民,一脸的笑,坐,屋里坐。李大民进了屋说,妹子,我向你赔礼道歉来了,那事是我鬼迷心窍,我对不起你……玉梅知道李大民说的那事是指什么事。玉梅同李长河本来在镇化工厂当工人。可

化工厂倒闭了。玉梅想把两人的户口转回村里，以便分到几亩田，靠几亩田过日子。玉梅拎着一大包礼品去李大民家，刚好李大民的女人不在。李大民就把玉梅抱住了。玉梅说，你再这样，我就喊了。但几天后，玉梅又来找李大民了。玉梅说，我依了你。玉梅一家的户口转回村里了。分了四亩上好的水田。李大民还把鱼塘让给李长河承包了。李大民掏出3000块钱说："玉梅，这点儿钱就算我补偿你的……"玉梅的脸一下变得纸样白，李主任，您是不是不让我家承包鱼塘了？准是别人看我去年养鱼赚了一点儿钱，打起鱼塘的主意？村主任，千万别……我家有1000块现钱，我这就拿给你买烟抽，你现在想要我，我这就给，玉梅说着解自己的衣服。李大民说，别，千万别。玉梅说，你快点儿，要不，长河回来了。玉梅的上衣已脱了精光，李大民忙逃，玉梅拽住了，你如果走，我就喊人，说你强奸我。这回临到李大民哭丧着脸，好妹子，别这样，就算我求你，放了我。那事我是做得不对，可事已做了，你想让我怎样？玉梅说，我只想你要了我，求求你要了我。你要了我，我心理才踏实，才不答应拿鱼塘给别人承包。

李大民又去了两家，但结果都一样。李大民一回到家，就病倒了。去了医院，医生也查不出什么病。

一个月后，李大民就死了。李大民留下遗嘱，把他这些年非法所得的10万块钱，在村前的河上修座桥。

李大民出殡的那天，全村人都来送葬，许多人哭了，说李大民这么好的村主任不该死得这么早。

黑狗被李木根养了，黑狗又时时咬着李木根的裤腿去坟场。李木根心想，我并没做什么坏事呀，可黑狗为什么总要我去坟场呢？而且去的是同一块坟场？黑狗第五次咬着李木根的裤腿去坟场时，李木根才明白过来了。黑狗到了坟场，停在一座长满杂草的坟跟，呜呜地凄叫。李木根走近那坟，那坟上有两个碗口样大的洞，洞准是黄鼠狼打的。李木根以前总是一到坟跟就逃。这回，李木根明白了黑狗为啥总要他来坟场。黑狗是让他来拔杂草，填坟洞。李木根很快把坟上的杂草拔清，又拿来铁锹，把坟洞填严实了。

黑狗再没拉李木根来这个坟场了。

后来，李木根也摸听清楚了，原来埋在这坟里的何老头就是黑狗以前的主人。何老头是个无儿无女的五保户。

李木根就叹气，唉，李大民死得冤。

给哥哥找女朋友

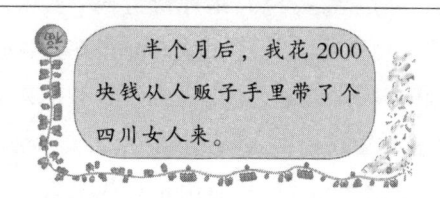

> 半个月后，我花2000块钱从人贩子手里带了个四川女人来。

哭得泪人样的兰珍扑在我怀里不停地捶打着我的背："志刚，你啥时同我结婚呀？我已26岁了，为你上了两趟医院。弄得我一家人在村里都抬不起头来。"

"兰珍，我也好想同你结婚。可是我哥还没结婚呀。我哥今天结婚，我明天就同你结婚。"

"如你哥打一辈子单身，那你也一辈子不同我结婚？"

"该死的陋俗！"

在我们这儿，有这种狗屁风俗，弟弟须等哥哥结婚后才能结婚。若弟弟先结婚了，那说明哥哥是个好窝囊的男人，就没有女人愿嫁给哥哥了。那哥哥就会打一辈子单身。

我哥又是个死心眼，他凭着自己是个高中生，不知自己几斤几两，没日没夜写那些狗屁小说。他深信自己一定能靠写小说改变种田的命运。他只顾写小说，不愿干田地活，对田地活一点儿也不在行，连耕田耙地都不会。已28岁了，还吃喝爹娘的血汗。哥哥在村里的名声

臭得很,加上我家又穷,自然没有好女人愿嫁给我哥。而几个有生理缺陷(如长得极丑,脑子有点儿不好使,患羊角风的等)的女人愿嫁给哥哥,哥哥却不愿意娶她们。哥哥说要这样的老婆还不如打一辈子单身。更何况我今后写小说出名了,还怕娶不到好女人?到时好女人任我挑。

哥哥也不想成为我结婚的绊脚石,他几次对父母说:"让志刚先结婚。"父母不同意,如我先结婚了,哥哥真的会打一辈子单身。父母不甘心。父母对我说:"你也想想办法,给你哥哥找个女人。"

我有啥办法呀?可父母认为我在这方面很在行,讨女人喜欢。要不我不会念初三就会和女同学谈恋爱。我凭着一张能把死的说成活的嘴皮子哄女人上当。但这不是我找女人呀!有啥办法,哥哥不结婚,我只能跟着打单身。为了我自己不打单身,只有给哥哥找女人。

我给哥哥找的第一个女人叫艳丽。这女人就如她的名字一样艳丽。艳丽在外打了几年工,很有钱。艳丽见了我哥还比较满意,开初我哥对艳丽也有好感。父母也极高兴,说我为我家办了一件善事。但艳丽不该把自己在外当小姐的事告诉我哥。其实艳丽的事我早知道,她赚了一笔钱,想找个老实可靠的男人过日子。我哥除了懒一点儿,长得还比较帅,人又老实,很合艳丽的意。我也叮嘱她别把当小姐的事告诉我哥,她开初也答应了,我怪她,她说:"我不想骗你哥,再说骗也只是骗当时,我那事他今后同样会知道。那到时你哥还不同样要与我离婚?"我心里说,我只想你跟我哥结婚,你们结婚了,我也可以结婚。至于今后离不离婚那不关我的事。这事因我哥不同意,黄了。

半个月后,我花2000块钱从人贩子手里带了个四川女人来。我对女人说是我想同她结婚,我花言巧语的把她哄得同意了。这女人长得很清纯,一双大眼睛水灵灵的,很迷人,脸颊上搽了胭脂红红的很合我哥的口味。果然,我哥第一眼见那女人两眼就放光。可惜那女人不喜欢我哥。女人指着我对我妈说:"如跟他结婚,我同意。"她又指我哥:"同他结婚……"她摇摇头。其实她是我花钱买来的。进了我家的门,也由不得她了,我们商量着先生米做成熟饭,到时候她不同意也得同意。父母也让哥这么做。村里许多买来的媳妇开初死活不同意,后来结婚生了小孩,慢慢就有感情了。可哥哥不同意,哥哥说:"让她走吧。"父母很生气:"我们家可花了2000块钱。"女人"扑通"一声跪下了："我一回家就给你们寄钱。"父母还不同意,可哥哥在半夜里把女人带到县城,送女人走了。

瞧瞧,我一点儿办法也没有了,我真的只有打一辈子光棍了。

兰珍却不死心："为了我们能早些结婚,为你哥找女人的事今后由我张罗。"

几天后,兰珍带我哥去见她的一位小学同学,未成。

又是几天后,兰珍带我哥去见她村里的一位女人,仍未成。

兰珍一连带我哥见了几位女人,都未成。

兰珍对我说："其实你哥是个蛮好的人,他有才华,心地善良,心细,很会体谅人,有情趣,有责任心,女人嫁给了他,心里会感到踏实,不像你,油嘴滑舌,花心,女人嫁给你没点儿安全感。可你哥这么好的人,竟没那个女人看中,她们都瞎了眼。"

我笑着说："我哥那么好,你嫁给他就是。"

"我没那么好的福气。"

后来兰珍同我在一起,说的都是我哥的一些鸡毛蒜皮的事,如我哥在相亲的路上,帮人推大板车上坡;哥哥在山上摘了一束野花送给兰珍;兰珍看了我哥写的一篇小说,感动得掉泪等等。兰珍说这些事时,兴奋得满脸生辉,两眼灼灼发亮。

难道兰珍爱上了我哥?要不,兰珍一到我家,就怎么爱往我哥房里钻?兰珍怎么会不厌其烦带我哥去见那么多女人?她或许是找借口同我哥呆在一起?另外,兰珍这些天也没逼我同她结婚。但这只是我猜测,我不好意思开口问她这话。

果然,我的猜测变成现实。兰珍同我哥好上了。如不是兰珍同我摊牌,我还不相信。我问："你把你为我两次打胎的事同我哥说了。"

兰珍点点头："说了。他说他不在乎我的过去,只在乎我的今后。"

"这就怪了,他这样想,那他当初为啥不同艳丽好?要知道艳丽有二三十万块钱。"

"你怎么拿我同她比?这性质不一样。"兰珍生气地说,"她那样的女人只适合你,你不是很喜欢钱吗?"兰珍扭头就走了。

两个月后,兰珍就同我哥结婚了。

我现在可以结婚了,可是我找谁结婚去?真的去找艳丽?又一想,为什么不可以呢?她比兰珍漂亮,又有那么多钱,我哥不是对兰珍说不在乎她的过去,只在乎她的未来吗?这样想,我去了艳丽家,说了我想说的话,艳丽却摇头:"嫁你这样的男人,我没安全感。"哼,你看不上我,我还看不上你这个千人压万人骑的婊子呢。

这时,四川女人来了。四川女人回家后,左想右想都觉得我哥是个可托付终身的好男人,就找我哥来了。我哥说:"我已结婚了,你嫁给我弟弟吧。"我也笑着说:"嫁给我吧。"女人这回不同意,我说:"你开初不是答应嫁给我吗?"女人说:"你不是一个好男人。你若是一个好男人,你的女朋友也不会嫁给你哥。"

难怪以前对我抛媚的女人现在对我冷着脸,原来她们都这样认为。想想,这也有道理,是啊,如我是个好男人,我的女人怎么会喜欢上我哥?看来,我真得打一辈子单身了。

死 不 瞑 目

> 在场的所有人都鼓起掌来。周局长的眼仍没闭上。

周局长在全局职工大会上作工作报告，报告作了一半，突发心脏病一头栽倒在地上。周局长被送进医院，医生拿电筒照了照周局长的瞳目，摇着头说："晚了。"

但周局长的眼一直睁着。

周局长想见谁最后一面？局办公室杨主任想，难道是陈秘书？杨主任知道陈秘书是周局长的情人。杨主任曾经有一次去周局长那儿汇报工作，忘记敲门，推门就进去了，周局长正同陈秘书搂在一起亲吻。杨主任忙退出门。陈秘书是周局长的情人，这事全局的人都知道。但局长的爱人一直不知道。杨主任对周局长的爱人说："周局长肯定有什么重要的工作忘记向陈秘书交待，我这就给陈秘书打电话，让她赶来。"这次陈秘书因生病，没参加会议。

杨主任打通了陈秘书的电话："你来一下，周局长想最后见你一面。"

"我去不了。我正躺在床上呢。"

杨主任把手机递给黄副局长："黄局长，还是你跟她说。"黄副局长是常务副局长，周局长这一走，黄副局长的副字这回十拿九稳要去掉。黄副局长说："小陈，你来一下。"

仅十分钟，陈秘书就赶来了。陈秘书对周局长说："周局长，我来了。有什么要交待的？"

周局长的眼仍睁着。

杨主任说："是不是我们曾答应了周局长要办的事，却没办呢？"

杨主任这话让黄副局长的心跳了一下。黄副局长原来是局办公室主任，后来在周局长的力荐下当上副局长。去年，又是在周局长的力荐下成为常务副局长。黄副局长曾几次说要好好重谢一下周局长，可这重谢一直挂在嘴上，却没落实到行动上。难道周局长真的挂念这事？

黄副局长说："你们都出去一下。"病房的人都出去了，黄副局长关了门，对周局长说："周局长，你放心，我说话算数，我明天就送给你爱人5万块钱。你放心地去吧。"

但周局长的眼还是不肯闭上。

杨主任想，难道周局长是担心他办公室里的东西会被他爱人和局里的人看见？杨主任知道周局长的办公室藏了许多见不得人的东西。杨主任就曾见过周局长的抽屉里放着伟哥、避孕套，还有一叠黄色的光盘。杨主任就着周局长的耳朵说："周局长，你放心，你办公室，我会替你整理好的。"

周局长的眼仍是睁得大大的。

杨主任又猜，难道是周局长怪他一进医院就去世了，要他晚两天去世，就会有许多人来看他，他就会收到许多红包？以前周局长有个感冒什么的都住医院，因为一住医院，局里许多人就会给他送红包。这样想，杨主任忙从口袋里掏出1000块钱放在周局长手里，以往周局长一住院，杨主任就送1000块钱红包给周局长。"周局长，你放心地去吧，待会儿，我让他们都给你送红包。"

周局长的眼还是睁着的。

杨主任开了门，对黄副局长说："我无计可施了。"

黄副局长问："周局长怎么在作报告时突发心脏病呢？难道受了什么

刺激？或者我们遗漏了什么让他生气了？周局长作报告时,最喜欢我们做什么？"

"鼓掌。"杨主任夺口而出。

黄副局长说："对,对,周局长在作报告时,最喜欢听到的是掌声。"黄副局长从口袋里掏出周局长作的工作报告,"瞧,周局长是念到这发病的,'今年对我们局来说是丰收的一年,振奋的一年',周局长念到这停顿了很久,他是期待我们鼓掌。……小杨,你这个领掌人当时干吗去了？"以往开会,周局长一停顿,心领神会的杨主任就第一个鼓掌,开会的人只有听到掌声,都会跟着鼓掌。局里的人都知道周局长报告时喜欢听掌声,因而都极卖力地鼓掌,有多大的劲使多大的劲。因而一有周局长作报告的会,参加会议的人的手掌都是红的。

"我……我的思想开小差了……"

"这是你这个领掌人的严重失职,周局长因没听到掌声,就生气了,一生气,心脏病犯了,是你害死了周局长。"黄局长觉得他的话说重了一点,语气缓和下来,"这也不全怪你。我们还是在这里给周局长鼓掌吧。"

在场的所有人都鼓起掌来。

周局长的眼仍没闭上。

杨主任说："周局长准是嫌我们的掌声太小,不够热烈。要不,我这就去局里,把录音机拿来,录音机里录有我们开初为周局长讲话的掌声。"

录音机拎来了,杨主任把声音开得最大。劈里啪啦、震耳欲聋的掌声差点把屋顶掀翻。

一些医生、护士、病人不知道发生了什么事,都看热闹来了。

黄副局长喊："鼓掌,都鼓掌。"所有在场的人都鼓起掌来。

周局长的眼睛这回在雷鸣般的掌声中终于慢慢合上了。

命 运

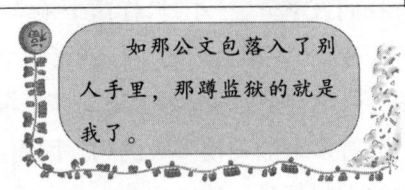

> 如那公文包落入了别人手里,那蹲监狱的就是我了。

公共汽车到站了,刘主任发现吊在他手腕上的公文包不见了。刘主任惊出了一身冷汗,公文包里面装的可是决定着他命运的材料,如果这些材料落到他对手手里,那么他下半辈子就得在监狱里度过。刘主任忙对着一车的人喊:"各位大伯大婶大哥大嫂,有谁在车上见到了我的公文包,请还给我,我有重谢。"

一车的人都往地上看,地上什么也没有。

一平头小伙子神色慌张,他急着要下车,他对司机嚷:"开门,开门,我要下车。"平头小伙子手臂上搭着一件西装,西装里面鼓囊囊的,一车人的眼睛都看着平头小伙子。刘主任心里有数了,是小伙子偷了他的公文包,那公文包就藏在那西装里面。他的公文包不可能掉,公文包的带子紧紧吊在他手腕上,刘主任猜平头小伙子拿刀割断了吊在他手腕上的带子。刘主任说:"小兄弟,谢谢您捡到了我的公文包。"

小伙子凶凶地说:"谁捡了你的公文包?"小伙子的眼里闪着刀刃似的寒光。

"小兄弟,我公文包里一分钱也没有,只有一些材料,那些材料对您一点用途也没有,您如把公文包给了我,我可给您1000块钱。"

"你说话算数?"

"当然算数。"刘主任说着从西装内的口袋里掏出钱包,数了十张百元钞票递给小伙子。小伙子接住了,把钱放进口袋后,便掀开西装。刘主任见了自己的公文包,想拿,小伙子却拉开了公文包翻看起来,公文包里面没钱。但小伙子见刘主任那急着要拿公文包的样,便说:"这公文包对我虽没用,但对你极有用,你给我的1000块钱报酬是不是太少了?"

刘主任听了这话,气得全身抖起来。明明是小伙子偷了他的公文包,那条割断的公文包吊带就是证明,可他反而给了小伙子1000元钱。更可恨的是小伙子竟嫌钱少。此时,一车的人都不满了,都为刘主任鸣不平。刘主任再次掏出他的钱包,把钱包里面的钱全掏出来了:"这还有800块钱,全给你,行吧?"

小伙子接过钱,这才把公文包交给刘主任。

小伙子下车了。刘主任也下了车。刘主任把公文包紧紧搂在怀里,生怕公文包飞了似的。刘主任一到家,便整理公文包。刘主任烧了一些材料,他把剩下的材料装进了一个信封。天黑后,他打"的士"到了检察院门口,把那个信封塞进检察院门口的"举报箱"。

一个月后,单位的一把手停职检查了。

刘主任成了单位的一把手。

再后来,刘主任当上了主管全县公检法的县委副书记。这年夏天,县城发生了几件入室强奸、抢劫的刑事案件,在社会上造成了极其恶劣的影响。经公安局调查,这几宗案件均系一人所为。刘副书记责令县公安局尽快破案。

没多久,凶犯抓住了。刘副书记一眼认出了凶手是几年前偷他公文包的那位平头小伙子。那小伙子也认出了刘副书记。刘副书记让众人退下了。刘副书记问:"你这个小偷怎么变成了抢劫犯?"

小偷说:"是你让我由一名小偷变成了抢劫犯。"

刘副书记摇摇头,表示不明白小偷的话。

小偷说:"我偷你公文包是第一次偷东西。那时我骇得腿都发软。如果那时你对我大喊一声:小偷,你还我的公文包!我准会瘫软在地上。可是你竟主动拿1000块钱给我,我的胆子也慢慢大了,腿也不发抖了,渐渐镇定了。我拿定主意当小偷前,就对自己说,如第一次当小偷被人抓住了,那我就不再做小偷了,我要干正经事。你给我1800块钱后,我高兴死了,原来当小偷这么容易,我的胆子也渐渐大了,在泥坑里越陷越深。我现在极恨你,是你害了我!……"

刘副书记心里说,对不起,我不知道是我害了你!我那时只关心那个决定着我命运的公文包,如那公文包落入了别人手里,那蹲监狱的就是我了。说实在的,你给了我公文包,我那时很感激你,是那公文包改变了我的命运,但我没想到那个公文包同样也改变了你的命运。刘副书记掏出两支烟,扔给小伙子一支,自己叼上一支。刘副书记狠狠地吸烟,浓浓的烟雾把刘副书记的脸严严裹住了。

半小时的故事

> 何猛心里更焦虑了,他弄不明白这几个人为啥总看着他?那女孩难道是小姐?

何猛提着个鼓胀胀的包下火车,出了站,却不知去哪儿,就傻傻地站在那儿,眼神迷茫而焦虑。何猛原本是个裁缝,农闲时上门给人做衣服。但现在的人都喜欢买衣服,何猛接不到活。如光种两亩薄田,能混个肚皮圆就不错了。何猛听说省城许多制衣厂招人,就来到省城了。

何猛不知道他已被几个人盯上了。

一个漂亮的女孩偷偷打量着何猛。这人长得太像小雄。小雄是女孩以前的男朋友。小雄是个警察,在追捕歹徒时挨了几枪,牺牲了。小雄闭眼前拉着女孩的手说:"忘了我吧,有更好的男孩值得你爱。"女孩想,要找就找个像小雄一样的男孩。何猛感到脸上烫烫的,一看,一个漂亮的女孩正含情地看着他。女孩的目光同何猛的目光碰上了。女孩慌乱地收回视线,脸无端红了。女孩想,这男孩长得真英俊,不能再错过了。女孩以前已错过几个长得像小雄一样的男孩。

一个50岁的男人也在打量着何猛。男人是一家规模极大的公司的老板。他一见何猛就喜欢上了,这小子

长得高大、英俊,看他这样子显然是找工作的,若让他来公司当保安,他准会愿意。他的公司目前倒不缺保安,只是那些保安一个个尖嘴猴腮,个子又矮,让他心里别扭。保安的形象就是公司的形象,他得同那小伙子谈谈。

一个脸上有刀疤的男人指着何猛对一个平头男人说:"大哥,你看那男人怎么样?块头那么大,又一副好人像,若干活,警察不会怀疑他的。"平头男人看了一眼何猛说:"这小子块头倒大,不晓得长没长胆。干我们这活,要长着豹子胆才行。好吧,你去试试他。"

此时的何猛已感觉到几个人盯着他看,何猛心里更焦虑了,他弄不明白这几个人为啥总看着他?那女孩难道是小姐?何猛听村里出外打工的人说,城里遍地是"鸡",尤其是火车站,"鸡"更多。他们说火车站上的"鸡"千万别碰,她们都宰人。不宰得你身上只剩下一条裤子决不罢休。可那女孩不像是小姐,瞧她那么爱脸红,目光也是那心羞怯,说她是纯洁的天使倒还差不多。再说那个 50 岁的男人,很像个大老板,可他这个大老板为啥总盯着他看?还有那平头,那疤脸男人,一看就是个坏人。他们不会抢他的东西吧。自己衣着这么寒酸,又提着个包,显然是找工作的,找工作的决没钱。他们的眼光不会那么差。看他们的样子像是做大坏事的,不像贼眉鼠眼的小偷小摸。那疤脸男人朝这走来了。唉,管他们是什么人,还是早些离开这鬼地方好。

何猛提起包,往前走。疤脸男人喊:"哎,哎。"何猛立住了,疤脸男人手里拿着一只花瓶:"要花瓶不?"何猛摆摆手,疤脸男人不罢休:"你不买不要紧,看一下吗。这花瓶是上好的青瓷。"何猛不接花瓶,疤脸男人硬把花瓶往何猛怀里塞。这样花瓶掉地上碎了。比何猛矮半个头的疤脸男人抓住何猛的领子:"你赔我的花瓶,赔我的花瓶。这花瓶值 2000 块钱。"何猛苦着脸求疤脸男人:"大哥,我身上哪有 2000 块钱?200 块钱我倒有。""那就赔 500。"何猛想,还是破财消灾吧,何猛从内衣里拿出钱包,拿了 500 块钱递给疤脸男人。疤脸男人见何猛的钱包里还有几百块钱,就凶巴巴地说:"再给 500。"何猛哭了:"大哥,行行好,放了我吧。"疤脸男人说:"放你行,你得跪下叫我一声爷。"何猛真的扑通一声跪下了:"爷。"疤脸男人踹了何猛一脚:"裆里没长肉的胆小鬼。"疤脸男人又把何猛的

500块钱甩在何猛脸上,走了。

这一切都被那个漂亮女孩和那个50岁的男人看在眼里。

女孩心里说,他一点儿也不像小雄。若是小雄,准会同那个疤脸男人拼个鱼死网破,决不会像他那样跪在地上求饶。女孩极其失望,头也不回地走了。

那个50岁的男人心里也说,这小子枉长了一副好身架,是个金玉其外,破絮其中的绣花枕头。他还不如我公司那些尖嘴猴腮的保安。男人也叹着气走了。

疤脸男人对平头男人说:"大哥,那男人是胆小鬼。若他入了我们的伙,如被警察抓住了,准把我们全出卖了。"

这一切发生在半个小时内。

假设何猛同那疤脸男人打起来,那么何猛的人生难得改写,他准赢得了爱情。但他是当公司的保安,还是同疤脸男人一起贩毒?倘若当那家大公司的保安,那他反抗得值,他既有了工作,又拥有了爱情。倘若他今后同疤脸男人一起,那他失掉的却是生命。那样,他还是这样下跪求饶好。

塞翁失马,焉知非福?

几天后,何猛没找到工作,钱用得差不多了,便回了家。何猛再没出外打过工,安心在家种田。两年后,他同一个平常的女孩结了婚,过起平凡的日子。

治保主任

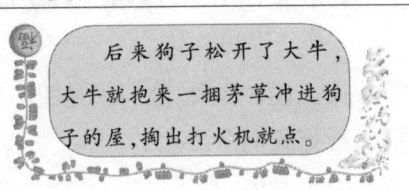

> 后来狗子松开了大牛，大牛就抱来一捆茅草冲进狗子的屋，掏出打火机就点。

这天中午，村治保主任刘大牛躺在电扇下一张长椅上睡得正香时，忽儿门被拍得砰砰地响。刘主任醒了，开了门，绷着脸说，小根，啥事这么急？小根说，不好了，铁蛋同福顺打起来了，你快去。刘主任跟着小根出了门，说，他们怎么打起来了？刘小根说，还不是为了争房地基，这事明显是铁蛋不对，他凭着乡长是他的姨父，啥人都不放在眼里。刘主任说，啥？你说乡长是铁蛋的姨父？小根说，是呀，这事你还不知道？刘主任突然蹲下来，捂着肚子唉哟唉哟地呻吟。小根说，刘主任，你咋啦？刘主任说，我肚子痛得厉害。小根说，那我扶你上医院。刘主任说，别管我，你快去找村支书处理这事。

刘主任望着刘小根消失的身影，嘿嘿地笑了，好险，如自己掺和进去了，那就得罪了乡长。得罪了乡长，今后没好日子过，那这治保主任的位置也坐不稳。如自己帮着铁蛋说话，那就得罪了村里人，那就失去村里人的信任，那今后说话也不管用了。最后的办法是躲开。刘主任一回到家，便躺上床。他想村支书准会来看他是

真病了还是装病。

不知过了多久，刘主任听见有人叫他，一睁眼，村支书冰着脸站在床前。刘主任忙从床上爬起来，可忽然想到他得装病，马上又躺上床，捂着肚子呻吟起来。村支书冷笑着说，你还要演戏？村支书知道他是装病的，他便不再敢呻吟，便起了床，给村支书泡了杯茶，说，支书，喝茶，村支书长长地叹口气，唉，怪我瞎了眼看错了人。我真不该出钱为你治病。真怪，你有病时嫉恶如仇，能为村人主持公道，伸张正义。病好了，反而……唉，村支书不住地叹气，眼前又浮现刘大牛以前的样子。

那时的大牛春秋冬三季就穿一件破棉袄，腰里扎根草绳，背上背一根红缨枪，头上挂块小镜子。大牛这样子让人一看就知道他是疯子。大牛的脑子尽管有点儿问题，但村里啥人的纠纷，他都能断个正确无误，谁做了啥见不得人的事，只要大牛知道了，大牛就管。大牛啥闲事都管，他自称"刘青天"。大牛嘴上整天挂着"哪里有不平哪里有我"，村里许多无赖不怕村支书但怕大牛。被村人称为村霸的狗子就栽倒在大牛的手里。

那回，狗子家的水牛挣脱了绳，把王大嫂家一田的禾吃了个净光。王大嫂不敢找狗子赔，只有自认倒霉。大牛知道了这事，就找狗子赔。大牛见到狗子，拦住狗子的路，说，你家的牛吃了王大嫂的禾，得赔。狗子说，我从来不赔人家的东西，只有人家赔我的东西。大牛说，这回你就得赔。王大嫂那五分田的禾，能打五担谷。一担谷100斤，五担谷就是500斤，一斤谷卖9角钱，那500斤谷卖……狗子自语，那卖多少钱呢？狗子掰着指头算起来，一九得九，二九得十八……五九得三十五，对，三十五，你得赔35块钱给王大嫂。狗子就笑，村里人也跟着笑。有一村人说，大牛，你算错了。大牛便重算起来。大牛说，狗子，你得赔王大嫂350块钱。村人又说，大牛，你还是算错了。大牛又掰着指头算。大牛算了许久也算不准，只有说，你还得赔钱。狗子说，我一分钱也不赔。大牛就把红缨枪拿在手里，枪尖对着狗子，你不赔也得赔。大牛说着端着红缨枪朝狗子刺来。狗子一闪，抓住了红缨枪杆，一用劲，红缨枪就到了狗子手里。大牛因用劲过猛，倒在地上。狗子就坐在大牛身上，你还要不要我赔。大牛说，当然要你赔。狗子就对大牛拳打脚踢的，可大牛死也不改口，就得赔。

后来狗子松开了大牛，大牛就抱来一捆茅草冲进狗子的屋，掏出打

火机就点。幸好狗子跑得快,忙扑灭了火。大牛不罢休,你不赔王大嫂的禾,我就点你的房子。我去蹲班房就去蹲班房,狗子就乖乖赔了450块钱。大牛欢呼起来,正义终于战胜了邪恶,真理终于战胜了歪理,我"刘青天"终于战胜了"村霸"。

因为有了大牛,村里的治安极好。村里也被县里评为"治安先进村"。村支书高兴,就出钱把大牛送进省精神医院治病。村支书想,大牛脑子不灵活都能把村里的治安搞得这么好,如病好了,再给个治保主任让他当,那村里的治安不搞得更好?

大牛见村支书苦着脸,小声地说,你喝茶呀。村支书没好语气,你如再这样不愿管事,那治保主任就让人家当。村支书出了门。大牛也出了门,大牛进了铁蛋的门。铁蛋见了大牛,眼里掠过一丝不安,大牛就笑,铁蛋,还没吃晚饭? 走,去饭馆,我请你。吃饭时,大牛对铁蛋说,你啥时有空,带我去乡长家玩玩。铁蛋一口应允,这有啥难的? 一句话,来,喝酒。

第二辑

交换命运

好 官

> 山羊胡须说,我才不管他是谁。

藏在深山怀里的红薯乡很穷。红薯乡能种稻谷的田少,好在山上的那些沙地适合种红薯。红薯乡的人一年便有五个月以红薯充饥。

红薯乡因此而得名。

红薯乡产的红薯大,皮极薄。红薯比别处的红薯香。红薯吃法很多,可炖可煮可炒,还可直接放进火上烧,当然还可生吃,但红薯乡的人吃厌了红薯,觉得红薯难吃,远没有米饭好吃。

可刘县长就是冲着喷香的红薯而去红薯乡检查工作的。

吃惯了山珍海味的刘县长吃了一回红薯乡的红薯,赞不绝口。红薯乡的乡长便送了一麻袋红薯给刘县长,可刘县长的保姆弄出来的红薯远没有红薯乡人弄的红薯好吃。

只是去红薯乡的路仍是泥土路。天晴时,车轮卷起一团团的灰尘,灰尘蒙住车子的挡风玻璃,司机连路都看不见。下雨时,半尺的稀泥,车子陷进去了,就爬不出

来,要人推。

刘县长去红薯乡时,灿烂的太阳还好端端的挂在头顶上。刘县长吃完中饭,就下起滂沱大雨。

乡党委书记说,刘县长,你难得来一回,就在我们乡住一个晚上。晚上,我找几位漂亮的小姐陪您跳跳舞,让您好好放松一下。

刘县长便在红薯乡呆了一个晚上。

可第二天,雨仍没停。尽管乡党委书记热情地挽留刘县长再呆一天,可刘县长不能再呆了,县委书记来电话说下午开常委会,研究人事问题。

路滑,又窄,司机开得极慢。

车子走到半路上,一只猪横穿马路,司机为了不压死猪,方向盘一打,车子竟滑入路旁的田里了。

车子倒不上岸。

刘县长下了车,对司机说,你去村里喊几个人来,把车推上岸。

司机很快叫来几个村人。

一位蓄着山羊胡须的村人说,把车推上岸行,每人得给 10 块钱。另外,你的车压坏了我的油菜,得赔 100 块钱。

司机恶了脸,你们吃人哟!你知道他是谁?司机朝刘县长望了一眼说,他是我们的刘县长。

山羊胡须说,我才不管他是谁。是省长我们也得收钱,我们出力,你给钱,你的车压坏了庄稼,得赔,这是天经地义的事。

刘县长青着脸吼,放肆,快去叫你们的村长来。

山羊胡须说,我就是村长。

刘县长说,你不怕我撤了你?

山羊胡须说,不怕。我还巴不得你撤呢。当个破村长有啥好的?一年 365 天为全村的吃喝拉撒操劳,还得为收屠宰税、建校费、修路费,不是收这费就是收那费,忙得我睡不成一个安稳觉,还得把全村人得罪完了。如不是乡长求我,我早不当这个破村长了。

几个村人都附和,村长说的极是。村长,他如不想给钱,那我们走,让他请别人。

村长说,刘县长交了 100 块钱,我们再走。

刘县长气得眼珠子都快掉出来了,但刘县长又不好发作。刘县长此时感到肚子饿了,也为掩盖心里的愤怒,就对司机说,小陈,给我拿个红薯来,我肚子饿了。

刘县长接过司机递过来的红薯,一口就吃掉了半个红薯。一则红薯对刘县长来说,绝对好吃。二则刘县长真的有点饿了。因而刘县长吃得很香,一只红薯,刘县长三口两口就吃完了。

几位村人傻傻地看着吃红薯吃得津津有味的刘县长。

山羊胡须对发愣的村人吼,还愣啥?推车。几位村人都脱了鞋,赤着脚下田推车。田里的泥更深,他们一下田,稀泥快淹到他们的膝盖。他们都冷得抖起来。

车子终于推上岸了。

山羊胡须拎了鞋啥话也不说就走。刘县长喊住了,你们还没拿钱呢。

山羊胡须说,你是好官,好官的钱来得不容易,我们不要。

刘县长问,你凭啥说我是好官?

山羊胡须笑着说,凭你吃红薯的馋样就知道。红薯对我们来说都是极难吃的东西。可你,一个县长,竟然吃得那么香。一个吃惯山珍海味的贪官会吃红薯这种粗粮?我们有冒犯县长的地方,县长别放在心上。

山羊胡须朝刘县长鞠了个躬,带着村人走了,村人走得不见影了,刘县长还怔立在那,刘县长的眼窝子有点儿潮湿。

会场上的鼾声

> 香甜的鼾声铿锵有力，有张有弛。

江水市一年一度的扶贫工作总结暨表彰大会在市政府办公大楼的会议室隆重召开了。江水市是个县级市，参加会议的是局、乡(镇)的领导。

杨市长坐在主席台上作年度扶贫工作总结。

杨市长的口才极好，他开初照手里现成的报告原本宣读，后来觉得报告写得极生硬，便把手里的报告放置一边，即兴发挥起来。一个很小的问题，杨市长抓住了，便引申开来，引经据典，触类旁通。作报告中，又衍生出另一个问题，从另一个问题又衍生出另一个问题……枝枝丫丫极多。杨市长的报告离扶贫工作总结这一主题也就越跑越远了。

可会场上不时爆发出雷鸣样的掌声。杨市长若想让人们鼓掌，就加重了语气，然后停顿一下，喝茶润润嗓子。台下坐的都是局长、镇长、乡长这些会议油子，他们是何等精明。他们在杨市长需要鼓掌声时拼了全力鼓掌，有多大的劲使多大的劲。手掌拍红了拍痛了还不停地拍。一浪高一浪的掌声让杨市长更兴奋了，杨市长

的谈兴更浓了:"如今一些干部不但不关心老百姓的疾苦,还骑在老百姓的头上作威作福……同志们,可别忘了,毛泽东是靠什么打败蒋介石的……要顺民心呀。李世民讲过,水可载舟,也可覆舟……得民心者得天下,李自成为什么失败,就是……那么如何得民心呢?……"

杨市长一讲就忘了时间,12点了,杨市长的报告仅开了个头呢。杨市长从8点讲到12点,整整四个小时。按会议安排,杨市长作两个小时报告,然后给先进个人、先进单位颁奖,下午再讨论。杨市长说:"下午接着开会。"

吃中饭时,市民政局的何局长仅喝了碗冬瓜排骨汤。"怎么吃这么一点儿?"柳树乡的边乡长问。"唉,没口味,昨天晚上3点多钟才合眼,6点就起了床。现在只想睡觉。""那你下午躺在宾馆睡觉就是,反正这么多人,杨市长不知道哪个人没参加会。我已约好南山乡、北山乡的刘乡长、郭乡长及东山乡的陈书记躲在宾馆里'筑长城'。反正杨市长的工作报告,我们人手一份。"边乡长同何局长的关系一向很好,边乡长又是何局长姑妈的外甥,因而两人在一起,啥话都说。"这不太好,万一杨市长发现了我睡觉,那不倒大霉?哈……"何局长又打了一个长长的哈欠。"你可要注意身体,工作干不完的。昨天晚上怎么到3点才睡?"边乡长递给何局长一支烟,并替何局长点上了。何局长吸了口烟说:"我这个破局长当得累。昨天陪香港扶贫救济会的两名同志去了竹子村。你知道竹子村是市里最偏远最贫困的村,离市区120公里,路又不好走,全是羊肠泥土路,后来车子开不进去,只有步行。走到竹子村时已下午5点了。香港的两名同志进了几户村民屋顶漏雨、四面透风的泥坯屋,心酸得掉了眼泪。他们已答应给这个村下拨100万救济款。我们赶到市里时,已深夜2点了,洗漱后已3点了,我们来回步行了50里路,脚掌都走起泡了。"边乡长说:"这是你自找的,谁叫你带他们去竹子村,在附近找个村子不好吗?""在附近找个村他们乐意给你救济款?""给多少救济款,与你多大关系?你又得不到好处。""那我良心不安。""所以说你这是自找的。"

下午1点半,杨市长又坐在台上作报告。杨市长中午喝了点儿酒,酒让杨市长的思维更开阔更深远也更敏捷了。杨市长即兴发挥的报告就像孙悟空在空中翻跟斗那样,翻个跟斗,就跑到十万八千里去了。杨市长自

我感觉极好,台下的人鸦雀无声专心听报告,还有不时爆发出的雷鸣样的掌声就是对他作的报告的肯定。

可就在这时,会场上出现了一种极不和谐的声音,呼……呼……,杨市长停止作报告,循声一看,原来是何局长扑在桌上睡了。香甜的鼾声铿锵有力,有张有弛。坐在何局长旁边的人拿手撸何局长,杨市长说:"别弄醒他,他昨天晚上或许在歌舞厅太劳累了,让他睡吧。"杨市长仍作他的报告。但杨市长再也没即兴发挥的兴致了,而是照本宣读手中的材料。许多人心里感谢何局长的鼾声,若不是何局长的鼾声,这会若这样开下去,那不知要开到猴年马月。因为杨市长作了一天报告,还没进入主题,就如看电影,只看到荧幕上的片名,连影片中的人影也没看见一个。那到时不知有多少人在杨市长的报告中慢慢变老,慢慢死去。有人在心里高呼:"何局长万岁,你不知你的鼾声挽救了多少人的生命。"

下午5点,杨市长的报告终于划了个句号。这时的何局长早被人推醒了。杨市长黑着脸说:"为整顿会风,经我们研究决定,县民政局的何衣开同志就地免去局长的职务。对那些没参加会的人,一律给予严重警告的处分。现在由办公室何主任清点人数。"

边乡长很是为何衣开可惜:"如果你听了我的话,躲在宾馆睡了一觉多好,那只给个严重警告,可你现在,头上的乌纱帽摘掉了,那多冤。"何衣开叹口气,啥话也不说,只闷着头吸烟。

好 事

> 原来那个女人不但是个"小姐",而且还是个小偷。

刘秘书遇上好事了。

局办公室的杨主任调走了,许多人想坐这个位置。这天刘秘书一上班,周局长就把刘秘书叫进办公室,并关了门,周局长给刘秘书倒水时,刘秘书受宠若惊地说:"我自己来,我自己来。"刘秘书弯着腰,双手接过茶杯,刘秘书捧茶杯的手一抖一抖的。

周局长说:"刘秘书,昨天,那事真谢谢你。"

昨天晚上,周局长同一个年轻貌美的女人正在歌舞厅的一间包厢里唱:"妹妹坐船头,哥哥在岸上走,恩恩爱爱,桨声荡悠悠。"

就在这时,周局长的夫人闯了进来。周局长的夫人一句话也不说就狠狠地给了周局长一巴掌。周局长很怕他夫人,若不是夫人的父亲,周局长也当不了局长。更让周局长头疼的是夫人的父亲仍管着他。周局长被打懵了:"你,你这,这……"周局长"这"了许久也"这"不出下一个字。

刘秘书进来了。刘秘书亲昵地搂住女人的肩,对周

局长夫人说:"阿姨,你误会周局长了。她是我的女朋友。"刘秘书又对周局长说:"周局长,真对不起,都怪我,如果我没上卫生间,就不会发生这样的误会了。"

那女人挺聪明,挽住刘秘书的手臂说:"我们走吧。"

如果事情到此为止,那么这事对刘秘书来说是一件极好的事,但巧就巧在刘秘书与他女朋友撞了个满怀。刘秘书的女朋友同她几个同学也来舞厅了。刘秘书的女朋友见了刘秘书,气得说不出话来:"你,你……"刘秘书不敢多解释,怕周局长夫人知道真相。刘秘书牙一咬装作不认识女朋友一样,出了歌舞厅。

刘秘书待周局长同他夫人出了歌舞厅,才敢找女朋友解释,女朋友却是一句话也听不进去,只说了一句话:"滚,我一辈子不想见到你。"

刘秘书想,吹就吹吧,待我当上办公室主任,还怕找不到女朋友?

这时的刘秘书还以为自己遇上了好事。

瞧这不,一上班,周局长就把他叫到办公室,还亲自给他倒水。这局办公室主任的位置不是我的那是谁的? 周局长已把我当成他的人。

果然,周局长说:"你放心,你的忙我不会不帮的。"

"那太谢谢周局长了。"刘秘书激动得声音都抖了。眼里也汪得泪水:"周局长,今后若有用得着我的地方,只管吩咐,你叫我走东,我决不走西……"

这时,传来敲门声。刘秘书开了门,门外站着两个警察。高个儿警察问刘秘书:"你叫刘晓东?"刘秘书点点头。高个警察:"你跟我走一趟,你涉嫌嫖娼。"刘秘书急了:"我没,我绝对没有嫖娼,你们准弄错了。"矮个儿警察说:"别嘴硬,那小姐都招了。我还从她身上搜到你的名片。她的电话簿上也有你的手机号码。"刘秘书还想争时,周局长向刘秘书使了个眼色,并对警察说:"我同刘秘书说几句话,麻烦你们等一下。"周局长把刘秘书拉进了办公室,小声地说:"想不到那婊子这样不讲情义。这事,你给我揽下来,今后,我绝不会亏待你。我会把这事大事化小,小事化了。"

刘秘书只有跟着警察去了派出所。

原来那个女人不但是个"小姐",而且还是个小偷。刘秘书钱包里装了他十几张明片,她挽住刘秘书的手臂时,刘秘书口袋里的钱包就到了

她手里。下半夜,赤身裸体的她正同一个男人在床上滚成一团时,门被警察踢开了。警察在女人的包里翻到了刘秘书的一张名片。

那女人见了刘秘书说:"不是他,是……"刘秘书忙说:"是我。"刘秘书还朝女人使了个眼色,好在警察没注意,女人便不出声了。

警察审问完了,并做了笔录,带上门走了。女人说:"你怎么当替罪羊?"刘秘书说:"他是我局长。"女人说:"实在对不起,我不该留你的名片,更不该把你的手机号码抄在电话簿上,我只想有你的手机号码准能找到他。"刘秘书自然知道这个他是指周局长。

刘秘书当天放出来了,周局长派人送来了3000块钱罚款。

可一个月后,张秘书成了局办公室主任。周局长安慰刘秘书:"实在对不起你,因你那事,局里人都知道,局党委会上没通过。你等等,今后准还有机会,一定不会让你失望。"

刘秘书这才明白他做了件傻事。

想自杀的蒙弗兰克

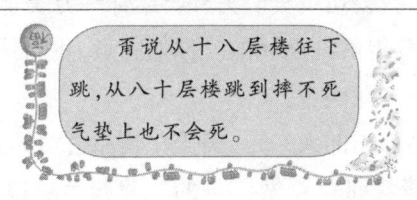

甭说从十八层楼往下跳,从八十层楼跳到摔不死气垫上也不会死。

蒙弗兰克流浪到哈斯达市时,身上的钱已用完了。几天过去了,蒙弗兰克仍没找到工作。蒙弗兰克做了拾荒族,每天拎着一个蛇皮袋,拿着一根铁钩,在大街小巷转悠,一见垃圾桶就两眼放光。垃圾桶成了蒙弗兰克的衣食父母。

尽管蒙弗兰克辛苦工作一天,但肚子总是填不饱。晚上睡天桥底下时,总要冷醒几次。

蒙弗兰克觉得活着没意思,他想到自杀。但蒙弗兰克不喜欢哈斯达这个城市,他不愿死在这个城市里。蒙弗兰克便到了帕尔维市。蒙弗兰克的童年就在帕尔维市度过的。

帕尔维市人听说蒙弗兰克半个月后自杀,很热情地接待了蒙弗兰克。市民给蒙弗兰克带来许多可口的食品。蒙弗兰克感激地说:"但愿我的自杀能给你们带来一点儿快乐。我要从十八层高的宇宙大厦往下跳。"宇宙大厦是帕尔维市最高的建筑。

"看人自杀,对我们帕尔维人来说是极其刺激的

事。我们已十多年没见过人跳楼自杀。到时所有的市民都会来看你跳楼。"

第二天,一家叫康康的保健品公司找到蒙弗兰克。康康保健品公司的人说:"我想请你自杀时给我做个广告。"蒙弗兰克问:"怎么做?"康康保健品公司的人说:"你跳楼时穿上我公司给你订做的衣服。衣服前后面都印有我公司的名称与标志。当然我公司不要你白做广告,你跳楼前这些天的吃住都由我公司负责。另外再给你一万美金营养费,你每天应该吃好点,让脸色变得红红润润的。你如同意,我们就可签合同。"

蒙弗兰克说:"我同意。"

康康保健品公司的人一走,美美化妆品公司的人来了。美美化妆品公司的人也是请蒙弗兰克做广告的。蒙弗兰克说:"你来晚了,我跳楼时得穿康康保健品公司的衣服。"美美化妆品公司的人说:"你可戴上印有我公司名称的帽子。我们公司会给你一万美金。"蒙弗兰克满口答应了。

蒙弗兰克口袋里已有两万美元的支票了。蒙弗兰克一万个想不到他一下子拥有这么多钱。但蒙弗兰克一想到他仅有半个月时间活,就叹气了。半个月怎么花掉这两万美金?这时又传来敲门声,蒙弗兰克一开门,是专门生产快快运动鞋公司的人。快快运动鞋公司的人说:"我想请你跳楼时穿上快快运动鞋,我们公司会给你一万美金。"蒙弗兰克自然一口答应了。

接着又来了个手表公司的人,这手表公司专门生产"走得准"牌手表。手表公司的人请蒙弗兰克跳楼时戴上"走得准"牌手表;随后,"穿不破"袜子公司的人来了;美又牢手套公司的人来了;看得清眼镜公司的人来了……一连来了二十几个公司,都是请蒙弗兰克做广告的。蒙弗兰克与他们也都签了合同。当薄又牢安全套公司的人来时,蒙弗兰克忍不住笑了:"你不是要我跳楼时戴上你们公司的安全套吧?即使戴上也没人看得见,你不可能让我跳楼不穿裤子。"薄又牢安全套公司的人说:"我们可用另外的办法,譬如你跳楼时,把薄又牢当气球吹。"蒙弗兰克说:"可我落地时,薄又牢早被风吹走了。""这你放心,我们公司给你提供一只特别的薄又牢产品。你吹它时,它会紧紧粘在你嘴唇上。"蒙弗兰克想到自己死后嘴里衔着一只薄又牢安全套的样子时,又忍不住笑了。

最后来的是夜玫瑰娱乐城的人。蒙弗兰克说:"你们也是请我做广告?""不请你做广告找你干吗?"蒙弗兰克说:"你要我怎么为你们做广告?"夜玫瑰娱乐城的人说:"你跳楼时,可抱着一个美丽小姐往下跳。当然这小姐是橡胶做的。小姐穿的衣服上印有我娱乐城的名称、地址与电话号码。当然,我们娱乐城不会让你吃亏,除了给你两万美金外,还让娱乐城里一位叫莎丽娜的小姐陪你,要知道莎丽娜可是娱乐城里最漂亮的小姐。"蒙弗兰克说:"好,我这就签合同。"

蒙弗兰克一见莎丽娜就喜欢上了。蒙弗兰克从没见过这样漂亮的女人。但蒙弗兰克一想到这样漂亮的女人,他只能拥有半个月,心里就难受。在第二天晚上,蒙弗兰克一连要了四次莎丽娜后突然哭了。莎丽娜把蒙弗兰克的头搂在怀里,轻轻地抚着蒙弗兰克的头发说:"不哭,哦,不哭。你一哭,我也想哭。"蒙弗兰克说:"还有十天,我就见不到你了。"莎丽娜突然说:"我们可逃呀。"蒙弗兰克说:"对呀,我怎么没想到逃?我们一起逃,我再也不想死。"

但蒙弗兰克同莎丽娜在上火车时被拦下来了。警察说:"蒙弗兰克,你不能离开这个城市。"

如果逃不成,那只有死路一条。蒙弗兰克正同莎丽娜抱头痛哭时,又有人敲门了。蒙弗兰克开了门,进来的是摔不死气垫公司的人。摔不死气垫公司的人说:"我是请你为我们做广告的。你跳楼时,往我公司生产的摔不死气垫上跳。我们公司可给你三万美金。"蒙弗兰克与莎丽娜互望一眼,幸福地笑了。蒙弗兰克说:"你这气垫的质量可靠吗?""当然可靠,要不怎么叫摔不死气垫?甭说从十八层楼往下跳,从八十层楼跳到摔不死气垫上也不会死。假设你掉在摔不死气垫上死了,那谁还买我们公司的气垫?那我们公司就得关门了。""好,合同呢?我这就签。"

摔不死气垫公司的人一走,蒙弗兰克抱着莎丽娜哭起来,哭过后又大笑。笑过后,蒙弗兰克抱起莎丽娜往床上扔。

我要是个女人多好啊

> 洪局长的话没说完,我就打断他的话,洪局长,我也是个女的,我这就脱给你看。

大学毕业后,我分到了县民政局,任局办公室的秘书。

上班的第一天,洪局长就给我分派活,你除了干秘书外,还兼顾仓库的保管员。进出仓库的物品都得登记,你还得拿每天的报纸信件。

行。我一口应允下来。

好好干,到时办公室刘主任退下来了,就由你接任。周局长拍着我的肩亲昵地说。

有了洪局长这话,我干得极卖劲。我还抢着干分外事。如我每天上班第一个到办公室,烧好三瓶开水,给三个局长泡好茶,并打扫三个局长的办公室,扫地、拖地、擦桌子。局里一些资格老的人有做不完的事或者有不愿做的事,都可以指使我,我每回随叫随到。

我上班时,有做不完的杂事,像写材料的事只有晚上在家干。想不到,我的一份年终总结材料得到县委书记的肯定。洪局长对我的工作极满意。洪局长又拍了一下我的肩,小伙子,好好干,刘主任再过两个月就要退下来了。

我听了洪局长的这话,兴奋得一连几个晚上都睡不着。如我当了办公室主任,手里的权力大多了,更主要的是不会再受人歧视,那些资格老的人自然不好再指使我干这干那的。

小黄就在这时候进局办公室的,她也是秘书。小黄长得很美,是那种妖艳的美。她的衣着打扮总很时髦,也性感,穿短得不能再短的裙子,穿的紧身长T恤衫把胸脯绷得两座山一样。领口又开得低,如她一低头,那饱满的乳房就无遮无掩,尽收眼底。

洪局长有事没事来我们办公室坐。洪局长一来,我就借故出去,让洪局长同小黄谈个尽兴。

从不跳舞的洪局长在小黄的手把手的教导下,也学会跳舞了,并且变得极喜欢跳舞。每个星期周末,洪局长同小黄都上舞厅。

小黄也总去洪局长的办公室。洪局长一个人一个办公室,小黄一进办公室,门就关上了。

我很讨厌小黄。我觉得她是个绣花枕头,她的材料错字连篇,语句病、修辞病随处可见。

更让我意外的是刘主任一退休,小黄就当上办公室主任了。

小黄成为黄主任的第二天就指使我,小冯,你把这个垃圾篓拿到楼下倒掉。

我拿陌生的目光怔怔地看她,后来我的目光渐渐变柔和了,我便拿了她的垃圾篓下楼。下楼时,我的鼻子一酸,眼一涩,泪水就涌出眼眶了。

洪局长又找我谈了一次话,社保科的江科长马上要调走了,她一走,你就当社保科的科长。

可是三个月后,办公室又来了个姓杨的,可恨的是小杨也是个女的,而且更可恨的是小杨也是个美女。她的美是那种纤弱的美,她那水汪汪的大眼睛里蓄满幽怨,像总噙着泪水。男人一看她的眼,心就甜甜的疼。

我一见小杨,心里咯噔一下沉了,这么可爱的女孩,洪局长一定会对她关怀备至的。

果然,这天星期天,我去办公室拿一份材料,一打开门,傻眼了,洪局长和小杨两人赤身裸体地拥卧在沙发上。我忙逃出了办公室。

晚上,我躺在床上再睡不着,我心里说,唉,如果我是个女人那多好啊!后来我迷迷糊糊地睡着了,并且做了一个梦,梦中,我变成了一个漂亮女人。我主动向洪局长抛媚眼,洪局长很快上钩了。后来,我和洪局长赤身裸体地黏在一起。

星期一我一上班,洪局长把我叫进了办公室,并且给我倒了一杯茶,笑着说,小冯,上面下了文件,规定我们局要精简百分之二十的人。考虑到你有才华,今后不愁找不到好工作……

洪局长的话没说完,我就打断他的话,洪局长,我也是个女的,你不信,我这就脱给你看。我说着便解自己的皮带。

我被家里人送到了精神病医院。在医院里,我见人就说,我要是个女人多好啊,我要是个女人多好啊。要不,就对人说,我是个女人,我真是个女人,你如不信,我这就脱给你看。

怎样让局长骂我

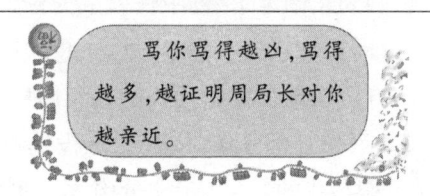

> 骂你骂得越凶，骂得越多，越证明周局长对你越亲近。

周局长在部队里当了连指导员就转业了。部队干部转业到地方，都要降一级使用。连指导员分配到地方，最多当个股干部。可周局长因他老连长当副市委书记，因而周局长一转业，就当上副局长了。一下成了副处级，不但没降，反而升了一级。

三年后，局长退下来了，周副局长也成为周局长了。

周局长仍保留着部队办事的作风，果断、说一不二。性子直、喜讲感情。周局长要求局里所有的人都听他的。许多人在下面嘀咕，说周局长是个一手遮天的人。但周局长的老连长已当市委书记了，局里的人也只能暗自嘀咕而已。

周局长还喜欢骂人。

当然周局长并不是什么人都骂，而是对他信得过的人才骂，办的事让他满意，他就高兴的骂。办的事让他失望，他就黑着脸骂。骂你骂得越凶，骂得越多，越证明周局长对你越亲近。

因而周局长一骂谁，谁就极高兴，这说明周局长把

他当成自己人了。骂得越凶,说明他对你信任。

局里的人都把能挨局长的骂当成一种荣耀,当成一种待遇。

局里被周局长骂得最多的最凶的是办公室杨主任。杨主任也是部队转业,是周局长要过来的。因而局里的人敢不听几位副局长的话,却不敢不听杨主任的话。

许多人私下猜,杨主任肯定会升为副局长的。

果然,局里一位副局长调走了,杨主任就成为杨副局长了。

那时局里没挨过周局长骂的人都想方设法想挨周局长的骂,挨过周局长骂的人,一样想方设法想多挨周局长的骂想周局长骂得更厉害。

可我来局办公室当秘书两年了,周局长从没骂过我一句,总对我客客气气的。我想这可能与我的姑父是市长的缘故。更糟糕的是市领导班子不是很团结。这不团结主要是市委书记和市长不团结。

因而我在局里受到排挤。工作起来,处处碰壁,主要的原因还是周局长从没骂过我。周局长没骂过我,就证明我不是周局长的人。那些时时挨周局长骂的人就同周局长步调一致,在工作上百般刁难我。一回,我让打字员打印一份材料,可打字员一拖再拖,说手头要打的东西极多。当周局长向我要材料时,我说打字员还没打出来,我一星期前就把材料给她了。周局长叫来打字员,开口就骂:"陈秘书让你打的材料,你怎么没打?你再这样不听陈秘书的话,我让你守大门去。"打字员说:"我现在就打。"打字员一转身,脸上洋溢着幸福的笑,步子也变得轻盈而有弹性。周局长换了一副笑脸和善地对我说:"陈秘书,别同她一般见识。"那时我真想说,周局长,别对我这么客气,你也骂我几句吧。

瞧瞧,因周局长不骂我,连打字员都敢与我对着干。不行,我一定要让周局长骂我,要不,我别想在局里呆了。可怎样让周局长骂我呢?

我想了一个晚上,想得脑壳痛了,才想出一个让周局长骂我的办法。周局长一上班,我就帮周局长倒茶,我故意让周局长的瓷茶杯掉在地上,茶杯碎了,周局长没骂我。我忙从办公室拿出一只花200多块钱的磁化茶杯,说:"周局长,这磁化茶杯是不锈钢的,摔不破。"

周局长不收我的茶杯。我说:"损坏了东西要赔。"周局长客气地说:"一只瓷茶杯值几块钱?这茶杯,我们单位多的是。你再去仓库拿一只就

是。"

唉,我这磁化茶杯白买了。

不,我一定要让周局长骂我。

这天晚上,周局长在沿江路散步,灌木丛里突然蹿出一个拿着匕首的蒙面男人,那个男人把周局长拉到灌木丛里,恶狠狠地说:"你要钱还是要命?要命的快把钱拿出来。"这时,我"碰巧"路过,手无寸铁的我同拿着匕首的歹徒搏斗起来。搏斗的结果是我的手臂挨了一刀,鲜血直流。歹徒跑了。

周局长亲自把我送到医院。

路上,周局长对我破口大骂:"你这混蛋为了我连命都不要了。如你真有个好歹,我怎么向你父母交待?那我会愧疚一辈子,那我不被你害苦啦?你这样的傻蛋,我还是第一次遇见……"

周局长终于骂我了,幸福的泪水从眼眶里哗的一下淌下来了。

这时,进来两个警察。一个警察拿出手铐铐在我手腕上。周局长问:"你们这是干什么?""是他主使人抢劫你。抢劫你的人已被几个见义勇为的人抓住了。歹徒全招了。"周局长的脸愤怒得变了形,眼珠子都快掉出眼眶:"你为什么叫人抢劫我?""我,我想让你骂我……"我的头埋到裤子里了。

"我操你妈!"周局长骂了一句,拂袖而去。

泪水再一次从我眼眶里淌出来了。

画家王欣

> 那人在提包里拿出一叠百元钞票甩在王欣手里说,你数数。

王欣是个印象派画家。他的画除了他自己谁也看不懂。王欣并不悲哀,他相信一定会有人懂他的画,且疯狂地迷上他的画。

因王欣的画不被人理解,他的画就很少有人买,日子过得自然贫困潦倒。他租了一间仅十平方米的房,房里除一台录音机一张钢丝床一张桌子一把椅子外,再就是画布画笔之类的东西。王欣又是一个生活很随便的人,肚子不饿不吃饭。吃饭也是吃盒饭,要不就吃方便面。头发又长得披肩了,脸就是显得极小,脸色也黄黄的,明显的营养不良。

母亲千百次劝王欣成家。

王欣说,死也不。语气硬得钢铁一样。其实王欣跟父母亲也没很大的矛盾。王欣渴望自由,性情散漫,又画那些谁也看不懂的画。父亲要王欣上班,王欣不听,干脆把工作扔了,一门心思呆在家画画。父亲这回发了火,把王欣房间里的画全往窗外扔了。王欣捡了画回来,同父亲狠吵起来。父亲说,你三十好几的人,还呆坐

在家,吃喝我俩老骆驼做的,不脸红?王欣说,你嫌我吃喝你们的,那我这就走,我不信我养活不了自己。王欣就收拾自己的东西。王欣提了个包出门时,被母亲拉住了。王欣挣,用的劲大了点儿,母亲竟跌倒在地。父亲的火气更大了,滚,让他滚,我们就当没生他。王欣就头也不回地出了门。母亲仍喊,王欣,你回来,回来——母亲要去追,父亲拉住了。

王欣已一年没回过家。

母亲时时来看王欣。母亲还塞钱给王欣,但王欣不要,我不能用你的钱,我能养活自己。凭母亲怎么塞,王欣就是不要。母亲哽咽地说,你不认我这个母亲了?母亲又把钱塞进王欣口袋,王欣竟把钱撕了粉碎。母亲就流着泪走了。

王欣定定地望着母亲渐渐模糊的身影。

这天,太阳爬上窗,可王欣仍赖在床不起来。他双手枕着头,眼望着屋顶,胡思乱想。忽然,他眼前一亮,灵感来了。他脱光了衣服,在身上涂满了红黑绿三种颜料,然后开了录音机,王欣随着嘭——嚓——嚓的旋律在画布上翻滚起来。嘭嚓嚓的声音没有了,王欣的画也完成了。王欣陶醉在画的意醉中,激动不已,要是毕加索在就好了,那他准会欣赏我这画。

王欣给这画取名为希望。

第二天,王欣就在街道上摆起这幅画。有几个人围着画看时,王欣就滔滔不绝地讲起来,这幅画可为传世之作,是拿红黑绿三种醒目的色彩组合在一起,产生一种强烈的艺术效果。王欣指着一团浓浓的黑块说,我们看到这一大块黑时,心情感到压抑,想喊一通或者想摔什么东西……围观的人越来越多,王欣讲得更起劲,他的手臂不住地夸张地挥动着,头也一晃一晃的,披肩的长发也潇洒地甩来甩去的,我看见这画,眼前就出现了一个在沙漠里跋涉很久的女人。她极口渴,可她心里怀着希望,前面一定有潭清水……

有一个人打断了王欣的话,你这画卖多少钱?王欣说,5000块。那人在提包里拿出一叠百元钞票甩在王欣手里说,你数数。王欣接了钱,傻傻地问,你真的买这画?那人笑了,我不买画拿钱给你干吗?王欣激动不已,你是我的知音,知音。王欣又在街道上放声高歌,千古知音最难觅……

王欣的一幅画卖了 5000 元的消息上了市报。

买王欣画的人渐渐多起来。

母亲又来劝王欣回家。王欣这回答应了,王欣回到家,把几扎钱放在父亲的桌上,这是整10万,你数数。我现在总不吃喝你的了。王欣说完拿了东西进了自己的房。

父亲的眼落在钱上,眼就钻心的疼。

一天,一辆呜呜呜叫的警车在楼下停了。两个警察进来了,拿出手铐,父亲平静地伸出手。王欣拉住警察,问,你凭啥抓我爸?……警察说,他受贿。王欣说,不可能,我爸从不要人家东西。你们准搞错了。

父亲被警察押上了警车。

王欣问母亲,父亲咋会受贿?母亲的泪不住地淌,母亲说,你来。母亲进了房,打开衣橱,王欣见到了几十幅他画的画,王欣一脸迷惑,我的画怎么在这里?母亲说,那些求你父亲办事的人见不管送啥东西,你父亲都不接受后,就想到你的画了。开初那个拿5000元钱买你的画的人,当天晚上就把画送给你父亲,说是花5000元钱买来的,你父亲就收了。你父亲当然不能白收……

王欣的眼一涩,泪水哗哗地淌下来了。王欣拿把剪刀,把他的画全剪了,王欣再不画画了。

混饭公司

> 科员张说:"蒙局长还不好办?我这就去大街找个人来。"

科里的人又好久未到酒店打牙祭了。科员张说:"科长,晚上是不是找个酒店解解馋?"

科员张这话得到科里所有人的附和。

科长有点儿为难:"局长几次在会上讲严杀公款吃喝风,并且强调去酒店吃饭先得要他同意,而我们什么理由也没有,局长不会同意的。"

科员刘说:"要不就说来了客人,或者说来了位报社记者什么的。"

科长说:"人呢?我们得把来人介绍给局长。总不能像上几次那样叫自己的朋友来冒充上级的人来蒙骗局长,那回局长可是发了脾气。"那回科员刘叫来了自己的一位朋友,科长把科员刘的朋友介绍给局长,说是市里来的人,晚上得招待。哪知局长认得科员刘的朋友。科长极尴尬,科长说:"这是科员刘介绍过来的。"

科员张说:"蒙局长还不好办?我这就去大街找个人来。"科员张说着出了门。科员张拦住一个戴眼镜的面相挺斯文的人。那人挺愕然地望着科员张,那人眼里

满是狐疑与警惕。科员张说:"朋友,别这样看我,看得我心里发毛。我只想请你帮个忙,是这样的……对了,你想去酒店吃饭吗?我想请你……"

那人嘴里咕嘟了句"神经病",头也不回地走了。

"你才有神经病呢。"科员张对着那人的背影骂,并朝地上吐了口痰。

科员张一连拦了几个人,却都不想吃饭。科员张心里想,这些人怎么都这么傻,有白吃的饭都不吃。

科员张这时又看见一个戴眼镜的人朝他走来。那人走路走得极慢,无精打采地,像没吃饱饭样。科员张说:"朋友,我想请你帮个忙。"

"帮什么忙?"

"去酒店吃饭。"

"有这么好的事?行,我同你一起去吃。不吃白不吃,吃了也白吃。我来城里已两个月了,仍没找到工作,已好久没吃饱过一顿饭了,今晚上我可要放开肚皮大吃了。"

科长见了科员张带来的人很失望,这样一个面黄肌瘦的人能冒充记者?能蒙过局长的眼睛?科员张说:"科长,想不到找一个白吃一顿饭的人都找不到。"

"可是……"科长的眼睛落在那人皱巴巴的西装上。科员张懂科长的意思,科员张脱下自己的西装对那人说:"换上我这件西装,去洗漱间刮一下胡子,洗把脸。"

那人从洗漱间出来时,科长的眼睛一亮,说:"这还差不多。"科长带着那人去局长办公室。

科长回科里时,科里的几个人都迫不及待地问:"局长同意了没有?"

科长笑着说:"同意了。"

在酒店点菜时,科长说:"每人点一个自己喜欢吃的菜,机会难得,大家可别客气。"

大家都点平时很难吃到的菜,要知道今后不知猴年马月才能来酒店。菜上来后,科长举起酒杯:"来,大家干了吧。"

后来,科员张向"眼镜"敬酒,"朋友,来,敬你一杯,感谢你的帮忙。"

"眼镜"嘴里塞了满满一口菜,鼻子里"嗯"了一声,端起酒杯,大半杯白酒,一口喝了。

科员张说:"现在的人真怪,有白吃的饭都不吃。"

"眼镜"这时空出了嘴巴:"天下可是没有白吃的晚餐啊。"

"可有时天下还是有白吃的晚餐。"科长说。

几个月后,西装革履的"眼镜"进了科长办公室。"眼镜"递给科长一张明片:"科长,我成立了个'混饭公司'。今后贵单位想找什么样的人吃饭,给我打个电话就行。我公司可是人才济济,领导型的、厂长型的、记者型的,什么样的人都有,我公司今后还得靠科长多多关照呢!"

科长问:"你公司的生意怎么样?"

"很好。说来还得感谢你们,还是感谢你们那次请我吃白饭,要不我也不会想到办这个公司。"

"你晚上给我派个'领导'来,让我们又跟着混吃一顿。"

软弱的女人

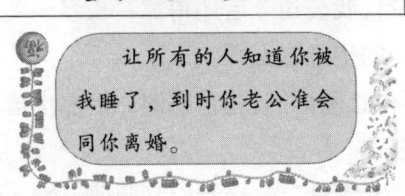

> 让所有的人知道你被我睡了，到时你老公准会同你离婚。

木根来到鄱阳湖的树林里时，日头已坠进湖里了，浓厚的暮霭从湖面上漫上来，网一样笼罩了一切。

村里不时传来几声惶惶不安的狗吠。

伏在灌木丛里的木根的呼吸极急，哧儿哧儿的，像刚耕完两亩田的牛喘气样。木根的身子也不住地抖。木根毕竟是第一次想做这种事，木根在他离婚后半年内，没沾过女人。这对25岁的木根来说，是极痛苦的事。有几回，木根实在熬不住，手就伸向裤裆，让手中威风凛凛的它疲软下来，但木根觉得这样极没意思，心里憋着一股欲火的木根转到鄱阳湖畔来了，木根见到一个漂亮女人在洗衣服。

木根心里有了邪念。

木根把自己藏在树林里，他要待到天完全黑时才动手，天黑了才没人看见。

天黑了，女人的衣服也洗完了。女人提着一竹篮衣服进了树林。

木根抱住女人，往地上一放，便压在女人身上。女

人不住地喊:"救命啊,救命啊。"还拼命反抗。

木根捂住女人的嘴。

但木根一只手做不成什么事。

木根捂女人嘴的手一拿开,女人又喊。木根这回不捂女人的嘴了,说:"你再大声叫,让所有的人听见,让所有的人知道你被我睡了,到时你老公准会同你离婚。我也是这样同我老婆离婚的。我老婆被人强奸时,大声呼救,来了许多人。我开初不想离婚,但觉得在村里抬不起头来,没法做人,就同老婆离了。"

女人再不喊了。

木根脱女人衣服时,女人也不挣了。

后来的事木根做得很从容,有条不紊,像在家里同老婆干床上活一样。

一些天后,木根躺在床上睡得迷迷糊糊时,听见一女人喊:"收酒瓶哟。"木根从床上爬起来,一出门,心呼的一下蹿到喉咙口了,啊,正是那个他日思夜想的女人。木根对女人说:"我院子里有酒瓶。"

女人同木根进了院,木根把院门闩了,抱住女人就往床上放,女人拼命挣:"你快放开我,要不,我就喊了。"

"你不怕所有人都知道你被强奸了,就喊。"木根说,"别再假正经了,我们不是没做过这事。"

"谁同你做过?你准是认错了人。"

木根就笑:"好,就算我认错了人。"木根解女人的扣子,女人双手死死护着,但木根有一股蛮劲,女人根本不是木根的对手。

木根很快得逞了。

但女人一声痛苦惨叫,让木根出了声冷汗。木根一看床单,真的有团红,女人还是处女。木根认错人了。

木根说:"对不起,我认错了人,我以为你是另外一个人,你怎么同她长得一模一样,难道你是她妹妹?"

女人穿好了衣服,说:"你做的事不能说出去。若说出去了就没男人肯娶我。"

女人这话让木根绷紧的心松下来了,木根又抱住女人,说:"我还想

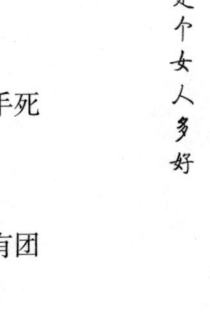

要你一次。"

女人依了木根。

此后，木根的胆子更大了。他一有机会就强睡女人。女人开初都反抗，都喊，木根说："你想让你男人同你离婚，就喊吧。我就是知道我女人被别人强奸了，才离婚的。"木根碰到没结婚的就说："你想你今后嫁不出去，就喊吧。"女人都不挣了，也不喊了，依了木根。

但后来，木根还是出事了。木根在湖畔的树林里强奸一女人时，被两个迟归的打鱼人碰见了。碰巧一个打鱼人就是女人的丈夫。女人去派出所报了案，很快木根判了三年。木根想如不是遇见那女人的丈夫，女人准不会告他的。

那女人离了婚，是她男人要求离。男人说他没法在村里做人。

女人提了一包吃的东西来看望木根了。女人说："我等你三年，三年后，我要你娶我。"

想不到同木根离了婚的女人，也提了一包吃的东西来探监，女人说："我被别的男人睡过，你也睡过别的女人，谁也别嫌弃谁，三年后，我们复婚吧。"

木根哈哈大笑起来，笑着笑着，两行泪水从眼眶里溢出来了。

首　富

> 如我不装病，我女人不装傻，那谁会可怜我？谁会帮我致富？

贵宝很穷，贵宝可不想儿子今后也像自己这样穷。贵宝求村里有点儿墨水的人给儿子取名时说，你给我儿子找两个钱多的字。村人就说，就叫鑫鑫吧。这两个字有六个金。贵宝问，没有两个字是八个金的？村人就笑，没有。贵宝就说，那就叫鑫鑫吧。

成家立业的鑫鑫比贵宝还穷。鑫鑫住的泥坯屋四面透风，下雨时，屋顶透雨，屋里没块干地方。鑫鑫家的米缸大都是空的，因而鑫鑫过饱一餐饿一餐的日子。

鑫鑫穷，并不能完全怪鑫鑫，据鑫鑫讲，他的腰有病，腰可是男人的命根子，男人的腰有病就成了废男人。鑫鑫走路都勾着腰，一只手撑着腰的一侧，痛得龇牙咧嘴的，嘴里哎哟哎哟地呻吟，鑫鑫这样子自然干不了田地活。鑫鑫女人的身子骨倒硬朗，可女人的脑子有点儿不管用，对田地活自然不在行。庄稼种下了，就由着天给，天给多少吃多少。

鑫鑫是狗尾巴村的特困户。

每年的扶贫款下来，鑫鑫都是分得最多的。村人都

没意见,一个病男人,一个傻女人,这样的人家不拿最多的救济金,那谁拿?

鑫鑫家自然也是县、乡干部扶贫的对象。

但往年的扶贫都是走过场玩形式,是做给领导看的。扶贫干部下到各户,掏出几百块钱给村人,让村人搞养殖项目。扶贫干部在村里呆不了几天,都一个个地回城了。至于向领导汇报扶贫结果,自然难不倒扶贫干部。

可今年,新上任的县委杨书记对扶贫动了真格的。杨书记到了狗尾巴村,进了鑫鑫的家。那时鑫鑫同女人正在吃午饭,一张三只凳的矮桌上摆着一碗臭豆腐,一碗豆豉汤,鑫鑫同女人碗里的粥稀得能当镜子照。屋里竟只有一条凳,鑫鑫坐在凳上,女人坐在一块土砖上。

眼里汪着泪水的杨书记对陪同的乡干部说,他家穷成这个样子,难道你们这些当干部的就没有责任吗?

乡党委刘书记说,我们一定想方设法让他家富起来。

杨书记就说,那好,你说话可要算数。两年后,我再来看。

刘书记说,一定不会让杨书记失望。

杨书记走时,从口袋里掏出200块钱递给鑫鑫,鑫鑫不敢接,村支书说,还不快谢杨书记。鑫鑫便扑通一声跪在地上,谢谢书记,谢谢书记。杨书记忙扶鑫鑫起来。

杨书记捐了钱,乡干部自然也得捐,就你五十、我一百地给鑫鑫。

杨书记走了后,刘书记问村支书,有啥办法让鑫鑫富起来?村支书摇摇头说,我也不知道。杨书记想了想说,要不给他在公路旁盖间房,让他开间杂货店。村支书说,这个主意不错。

一个月后,公路旁就盖了两间房,前面一间卖货,后面一间住人。

刘书记时不时来鑫鑫的店里坐坐,了解鑫鑫杂货店的经营情况。鑫鑫每回说,店里没啥生意,赚不了钱。鑫鑫仍是那么穷,仍是吃了上顿愁下顿,穿的衣服仍是补丁叠着补丁。刘书记想,得为他想一个赚钱的门路。可刘书记要忙的事也多,一忙起来就忘了鑫鑫的事。

一转眼两年过去了,刘书记从杨书记秘书那儿得知杨书记三天后就要来狗尾巴村。刘书记有点慌,找来村支书商量对策。村支书说,要不就让他借住秋生的屋?秋生是村里的首富,刚在路边盖了幢二层三间的洋房。

当天鑫鑫就住进了秋生的房,村支书还借来了彩电、冰箱,屋里还摆满了沙发、茶几、衣柜等家具。

杨书记进了鑫鑫的家,不住地笑着点头,还对刘书记说,怎么样?扶贫并不难吧?只要扶贫干部致富的路子对,发挥他们各自的优势,像男的有病,干不了重活,你就让他开杂货店,女的头脑简单,却有力气,你就让她干搬运工。瞧,他们这不富起来了?别的村肯定还有许多贫困户,你这个乡党委书记要让他们都富起来。

刘书记不住地点头,杨书记说的是,我们一定照杨书记的指示办。

杨书记走后,刘书记对鑫鑫说,你回你的住处吧。鑫鑫竟说,不,这房子及这房子里的东西全归我。刘书记笑了,你做梦!鑫鑫说,你若赶我走,那好,我这就去找县委杨书记,把你弄虚作假的事告诉杨书记,要知道杨书记可是最恨弄虚作假的人。你若赶我走,除非你不想再在官场上混了。

鑫鑫这席话说得刘书记目瞪口呆,想不到以往那个老实木讷的鑫鑫竟然这么能说会道。

杨书记把村支书拉到门外说,就依了他,这幢房子,秋生花了多少钱盖,乡里就拿多少钱。至于那些电器、家具,也按他们买的价赔。

村支书很是愤怒,那不太便宜了鑫鑫这个狗杂种!

杨书记叹口气说,有什么办法?

就这样,鑫鑫成了村里的首富。

鑫鑫走路时,昂首挺胸的,腰再不弯了。鑫鑫女人也不傻了,有村人问,你的腰病好了?你女人也不傻了?鑫鑫说,我的腰本来没病。我的女人本来就不傻。如我不装病,我女人不装傻,那谁会可怜我?谁会帮我致富?哈哈哈!那我就成不了村里的首富。

村人就骂,你这狗杂种真鬼!村人语气里满是羡慕。

几天后,村里的狗二突然疯了,疯得胡言乱语,还赶村人打;九生的脚也突然拐了,九生说在屋顶翻瓦摔下来了,摔拐了腿;牛眼女人的眼睛也莫名其妙地瞎了……

鑫鑫心里就笑,哼,都想学我?迟了!

醉汉找家

> 门开了,露出一张女人的脸,女人问:"你找谁?"

老同学相聚,高兴,多喝了两盅。大胖的头就晕乎乎的,眼前也花花绿绿一片。大胖心里说,我已醉了,再不能喝。老同学却不依,又灌了几盅。

散席时,大胖被一同学扶进"桑塔纳",那同学对司机说了句:"幸福街4巷2号。"

"知道。"

睡得正香的大胖被司机推醒了:"到了。""这么快?"大胖嘟哝着就下车。司机说:"钱。"大胖摸出一张票子说:"别找了。""5元钱还别找?"大胖又从口袋里掏出一张票子说:"行吧。"司机接了,是张50元的,忙说:"谢了。"

大胖摇摇晃晃上了楼,上到四楼,敲左边的门。门开了,露出一张女人的脸,女人问:"你找谁?"

"这是我家吗?"

"神经病。"女人关了门。

大胖又敲,门不开,就一直敲,女人烦了,嚷道:"你有病呀。"

"请问刘大胖的家在哪儿？"

"哪个大胖？"

"就是炼油厂的那个大胖,怎么住一幢楼的人都不认识？"

"好像在楼下。"

大胖又下楼,敲门。

"找哪位？"门开了,里面的男人问。

"这是大胖家吗？"

"哪个大胖？"

"怎么连大胖都不认识？就是那个个子高高的、留平头的,脸上的肉有点横的那个。对,长得跟我一样,不,我就是大胖,这不是我的家吗？"

那人被逗笑了："你连自己都找不到家,我怎么知道？"门又"砰"地一声关上了。

大胖看见这家装有门铃,就按,一直按。

门又开了,仍是刚才那个男人。

大胖说："不好意思,请你告诉我大胖住在哪儿？"

"我真的不知道。"

"你不知道也得告诉我,总不能让我找不到自己的家。"

"好像还得上二层楼。"

又爬了二层楼,大胖累得上气不接下气,大胖就按门铃。按了许久,门开了,大胖推开那男人,进屋了。屋里的男人女人怔怔地望着一脸横肉的大胖。男人轻声问："你想干什么？"大胖这才真正发现男人,问："你怎么在我家里？"一股怒火猛地从心里蹿起,对那男人拳打脚踢,躺在地上的男人不敢还手。"狗日的,竟敢睡我老婆。"又拉过缩在那瑟瑟发抖的女人,"啪啪"几个狠巴掌,"我叫你背着我偷野男人。"女人嘤嘤地哭,大胖说："你还敢哭？"女人吓得不敢哭了。大胖又瞧见躺在地上的男人,就喝道："你躺在这找死？"男人这才爬起来,嗫嚅道："家里的东西你尽管拿,可别伤害我女人。""我女人？这女人是你的？"大胖对男人又狠狠一脚,那男人忙出了门。

男人想报案,又不敢,怕大胖的同伙报复,做这种事的人都是一伙,得罪不得。丢财灭灾,只求那歹徒别伤害女人就行。这样想,男人在走廊里坐下来。

这时,大胖上了床。大胖对女人说:"今天我累了,这账今后跟你算。"

一会儿,大胖就打起很响的鼾声。

醒来时,已天亮了。这是哪里?大胖瞧见一女人躺在沙发上睡了。又开了门,见一男人坐在走廊上,就问:"这是哪里?我怎么到了这里?"

"这是我家里。"

"我怎么躺在你床上呢?"

"你自己要躺的。"

忽儿大胖瞧见拎着一篮子菜的女人,女人也瞧见了大胖,女人问:"你昨晚干什么去了?"

"昨晚在一朋友家睡了。"

"原来你也住在这幢楼?"那男人问大胖。

"我们住六楼。你认识我们大胖呀?"

"刚刚认识。"大胖接过话头。大胖跟着女人上了楼,女人开门时,大胖问:"这真是我们的家吗?别开了邻居家的门。"又自语:"现在抢劫的难怪这么多!"

两个病人

> 巴冬根却出院了,身上的癌细胞竟消失殆尽了。

省肿瘤医院的病房住了两个病人,一位病人叫徐辉煌,另一位病人叫巴冬根。两人得的都是肝癌。

徐辉煌是市民政局的局长。

巴冬根是个农民。

原来徐局长住高干病房,住了几天,嫌静,连个说话的伴儿都找不到,徐局长可是过惯了热闹日子的人。再不肯住了,就搬到508房来了。

508房原本有四张床位。

徐局长搬来的第三天,两位病人就死了。

徐局长对巴冬根说,接下来该轮到我们了。

巴冬根说,我不想死。

徐局长说,谁想死?

巴冬根说,反正我不能死。

徐局长说,好,好,你不能死,那我死好了。

一到周末,徐局长的床前就很热闹,儿子儿媳,女儿女婿都来探望徐局长,他们拎来大包小包的补品。他们都说,爸,你好好养病,啥都别想,啥事都别操心。

咋不操心?老三明年大学毕业,能找到好工作?我这癌症晚两年得就好了。徐局长说着就叹气。

爸放心,老三的工作,我们会帮他安排好。

巴冬根很羡慕徐局长,徐局长看病不要花自己的钱,花公家的钱,不像自己,用啥药,要掂量来掂量去,为钱的事操碎了心。徐局长的三个子女都有出息,吃公家饭,而自己的两个儿子在乡下天天为了混个肚皮圆忙个不停。

巴冬根说,徐局长,如我是你,现在让我死,不,让我早死十年都行。

徐局长说,你的意思是我现在就应该死了。

巴冬根连连摆手,不是这个意思,真的不是这个意思。

这天,徐局长单位的几个人来看望徐局长,徐局长称那个领先的人为向局长。向局长说,徐局长,单位上的事,你别操心。市里暂时让我主持局里的工作,我们全局的人都盼你的病快快好。

徐局长说,恭喜向局长。

向局长告辞时,拿出一个厚厚的红包,这是全局人的意思……徐局长安心治病吧。

向局长一出门,徐局长就把向局长送来的一个花篮,往窗外扔了。巴冬根把花篮捡了回来,放在徐局长的床头柜上,多好看的花,扔了多可惜。

徐局长又要扔,巴冬根说,那把花放在我的床头柜上好了。

徐局长就叹气,唉,我人还没死,位子就让人顶了。以前还以为自己有多重要,以为局里离了我,工作就乱成一团麻……唉,我真的成了多余的人,真的该闭眼了。

巴冬根说,我也想闭眼,可闭得了吗?我看病的大部分钱都是借的。我如死了,债就要两个儿子还。可两个儿子很穷,我不忍心,再说,我还要供一个大学生。我如死了,他就念不成大学了。徐局长从巴冬根嘴里知道他供养的一个大学生叫刘春来。刘春来的父亲为救落水的巴冬根死了。巴冬根担负起抚养刘春来的义务,刘春来现在是大二的学生。

徐局长说,真羡慕你,这么多人需要你,你是不能死,而我可以死了。

几天后,巴冬根闹着要出院,巴冬根再借不到钱,巴冬根的女人要卖

房子,巴冬根不同意。

刘春来也来劝巴冬根,叔,你不能出院。

巴冬根说,你放心,出了院我也死不了,我在你爹坟前发过誓,一定要让你念完大学。我现在死,怎么有脸见你的爹?

其实刘春来靠做家教,不但能养活自己,而且还拿了1000多元钱为巴冬根治病,但这一切刘春来都瞒着巴冬根。

刘春来说,叔,你如出院,我就不念大学,去打工。

巴冬根只有仍呆在医院里。

两个月后,徐局长去世了。

巴冬根却出院了,身上的癌细胞竟消失殆尽了。

徐局长在去世后的第二天,一个也叫徐辉煌的人住进了508房,这个徐辉煌一个多月前来医院查过,医生说是良性肿瘤,开了刀,说没事了。不想现在癌细胞扩散了。医生这才知道弄错了病历,徐局长原来没得癌。但医生觉得怪,这个徐局长没得癌,怎么就死了呢?而那个叫巴冬根的农民确实得了癌,怎么活下来了呢?管508房的医生悄悄地查了病例,才知道,可能自己把病历弄错了,巴冬根呀巴冬根,真是活该你倒霉,平白无故地住了那么长时间的院,没挨一刀,也算是你的福气了!

交换命运

> 如不是荷花,那拄着拐杖的就是自己了。

姚文彬这回下的赌注也太大了,几十亩田地的地契,两幢房屋的屋契都摆在桌上了。若姚文彬这回输了,可就一贫如洗了。

被姚文彬请来作证的几位德高望重的老人都为他捏了一把汗。姚文彬却悠闲地喝茶,好像下赌注的不是他。

一位老人劝:"文彬贤侄,你可要三思而行。这可是你祖辈积攒下来的家业,若毁在你的手里,那……"

姚文彬打断老人的话:"我已拿定了主意。"

"可为一个女人下这样大的赌注实在不值呀!"老人还不死心。

"值!"姚文彬不想多说一个字了,挥挥手说:"发牌吧。"

"发牌吧。"坐在姚文彬对面的姚土根也这样说。姚土根的身子都颤抖着,额头上的汗如雨落。

一位老人就发牌。发的是牌九,先给了姚文彬两张牌九。姚文彬不看牌,对姚土根说:"你翻牌吧。"

姚土根也不翻牌,只放在手里摸,一屋里的十几双眼睛都盯着姚土根手里的牌九上。"哈哈,我摸了一对地。"姚土根一翻牌,真的是一对地。姚土根的脸兴奋得变了形,声音也如狂风中的树叶抖个不停。

姚文彬一摸牌,把牌往口袋里一放,平静地说:"我输了。"姚文彬站起身,走了。

几天后,姚土根住进了姚文彬的那幢有着两口天井,有二十八间房的豪宅。

姚文彬砌了幢泥坯屋住下来了。

这天晚上,有人敲姚文彬的门。姚文彬开了门,见是荷花,心一跳,掠到喉咙口了:"我知道你会来的。"

"你这是何苦呢?"荷花的眼窝子似拌了辣椒沫子。

"不苦,一点儿也不苦。只要你能成为我的女人,我吃再多的苦也值,真的。"借着月光,荷花见姚文彬的眼里有亮亮的东西一晃一晃的。"唉——"荷花就叹气,泪水也忽地涌出眼眶。姚文彬递给荷花一条手帕:"你该高兴才是,你不是说我成了穷光蛋后,你就会成为我的女人吗?"

这话,荷花是说过。那时姚文彬追荷花追得紧,荷花那时以为姚文彬只是贪图她的美貌,就随口说:"我们不合适,你若成了穷光蛋,我说不定会成为你的女人。"哪知荷花随口一句话,姚文彬却当真了。这样想,荷花的心里便愧愧的:"都是我害了你。"

"你别这样说,一切都是我自愿的。"

"可真没想到要离开土根,他的脾气尽管火暴些,偶尔会打骂我,但我知道他实心实意的对我好,一心一意爱我。"

"那时他穷,他没条件喜欢别的女人。但他现在不同,他现在是大财主,一定会喜欢上别的女人的。"

"那我就离开他,跟你一起过日子,到时你可不要不要我。"

半年后,姚土根就娶了个小老婆。

荷花住进了姚文彬的泥坯屋。当天晚上姚文彬同荷花疯狂了大半宿。天亮了,两人尽管极疲倦,但都不想睡,两人有说不完的话。荷花说:"听村人说你那回摸了一对天?"姚文彬说:"是啊。""那你为啥说自己输了呢?如你赢了,那我不同样会成为你的女人?"姚文彬把荷花搂得更紧了:"如我赢了,那我只得到了你的身子得不到你的心。你心里那时只装着姚土根,你同样认为他像你待他那样实心实意对你好。""你真鬼!"荷花的头又往姚文彬怀里钻。

几年以后,姚土根的田地全被政府分给村里没田地的人,房子也分给了村里没房的人了。姚文彬一家也分到了三亩田地,分到三间房。姚土根并且被划为地主成分,姚文彬被划为贫农。

那时姚土根的脖子上整天挂着牌子,被几个民兵押着四处游斗。每回开批斗会时,姚土根就站在台上挨斗。

一回,姚土根的一条腿被一位民兵拿枪托砸断了,姚土根成了拐子。

姚文彬一见拄着拐杖的姚土根,心里就说,如不是荷花,那拄着拐杖的就是自己了,是荷花让我和他交换了命运。

第三辑

英雄的狗

想进监狱的蒙弗兰克

> 蒙弗兰克晚上不敢睡,他怕睡了永远会醒不来。

蒙弗兰克是个勤劳、老实的年轻人。他在镇上一家木器厂干活,每天工作十几个小时,但挣的钱仅够混饱肚子。蒙弗兰克很知足。他觉得他比那些夜宿街头,靠在垃圾桶里找吃的,或者乞讨的流浪汉要强多了。因而蒙弗兰克很感谢木器厂的老板,工作也更卖劲了。

但蒙弗兰克没想到几个月后他也成了流浪汉。

木器厂被一场大火烧为灰烬。老板破产了,厂里所有的工人都失业了。蒙弗兰克再找不到工作。因没钱交房租,被房东赶了出来。蒙弗兰克只得露宿街头。饿了,就像其他流浪汉一样翻那些臭烘烘的垃圾桶。可垃圾桶里能果腹的东西极少,有时蒙弗兰克一连翻十几个垃圾桶,肚子还是空空的。饿不说,还冷,已初冬了,一到晚上,刀子一样锋利的北风不停地扎着蒙弗兰克的脸上。蒙弗兰克晚上不敢睡,他怕睡了永远会醒不来。

蒙弗兰克想,再这样下去,他会熬不过这个冬天的,不是饿死就是冻死。走投无路的蒙弗兰克想到了监狱,若他进了监狱,就不会饿死,也不会冻死。怎样才能进

监狱呢?蒙弗兰克便在一天晚上撬开一家食品店的门,进店后,狼吞虎咽吃了一顿,然后大喊,抓贼呀,抓贼呀。蒙弗兰克的喊叫声把楼上的店老板吵醒了。店老板拿了根粗木棍问蒙弗兰克:"贼在哪里?"蒙弗兰克说:"是我。""是你?"老板不相信,"你怎么不跑?"蒙弗兰克说:"你送我去警察局。"店老板给了蒙弗兰克一棒:"滚,再不滚,我打死你。"店老板不想送蒙弗兰克去警察局。去了警察局,得耗他许多时间,还得塞钱给警察。蒙弗兰克不走:"你不送我去警察局,我就一直坐在这。明天晚上我还撬你的锁。"店老板叹口气,只得送蒙弗兰克去警察局。蒙弗兰克见了警察,说:"警察,我是个偷窃犯,你得把我关进监狱,至少得关我四个月。"警察踢了蒙弗兰克一脚:"像你这样想在监狱里度过冬天的流浪汉我见得多了,滚吧。"

　　蒙弗兰克死心,他一定要进监狱。不进监狱,自己就死路一条。蒙弗兰克这回强奸了一个女人。蒙弗兰克又去了警察局,他对警察说:"我这回犯了强奸罪,总该进监狱吧。"警察说:"你强奸谁?"蒙弗兰克说:"我也不认识,但我知道她住在哪儿。"蒙弗兰克把警察带进那女人的家。女人却不承认:"没有的事。这个流浪汉想进监狱混吃混喝。"这个警察也踢了蒙弗兰克一脚,走了。蒙弗兰克对女人说:"你怎么不告我?"女人说:"我若承认了,我那爱面子的男人不同我离婚才怪。"蒙弗兰克说:"你不想让我坐牢,我再强奸你。"女人说:"你去洗一下再强奸我,你一身的臭味,让我恶心得想吐。"

　　急于想进监狱的蒙弗兰克在白天抢一女人的钱包。蒙弗兰克抢了钱包也不跑,对女人说:"你如不送我去警察局,这钱包就不给你。"女人说:"走吧。"蒙弗兰克见了警察,说:"我这回犯抢劫罪了,总能进监狱了吧?"警察说:"监狱关满了政治犯,滚吧。"蒙弗兰克问:"我如是政治犯,就能进监狱。"警察点点头。

　　蒙弗兰克知道警察说的政治犯是指人民党。人民党的宗旨就是推翻执政的民主党。蒙弗兰克四处探听谁是人民党。后来蒙弗兰克终于找到了人民党的人。人民党的人问:"你为什么想加入人民党?"蒙弗兰克说:"加入了人民党就可以进监狱。"人民党的人也踢了蒙弗兰克一脚:"滚。"

　　杀死了人,或许可以进监狱。但杀谁呢?蒙弗兰克正靠在一墙角里睡

得迷迷糊糊时,有人踢了他一脚,蒙弗兰克醒了:"你踢我干吗？""就踢你,好玩。"蒙弗兰克说了句:"找死。"便从口袋里掏出一把弹簧刀,向那人刺去。那人倒在血泊中。蒙弗兰克这才看清那人的脸,他竟杀了镇长的儿子,一个15岁的少年。蒙弗兰克哭起来:"我有罪,有罪。"

这时,"叭"的一声,枪响了,接着,是一片枪炮声。

蒙弗兰克背着少年往警察局走去。警察局门口站着几个穿军装的人。蒙弗兰克说:"我找警察。"一个军人说:"旧警察全被我们关进牢了。你有什么事？"蒙弗兰克放下背上的少年,哭着说:"我把镇长的儿子杀死了,我有罪,你们枪毙我吧。"那军人说:"你没罪。""我杀了人没罪？"蒙弗兰克有点不相信自己的耳朵。"对,你没罪。你杀死的是旧镇长的儿子,旧镇长的手上沾满了人民党的鲜血,该杀,杀得好！这说明你的思想觉悟高。你想不想加入人民党？"

一个月后蒙弗兰克加入了人民党。

人民党执政后,蒙弗兰克当上了镇长。

但那个被他杀死的少年总走进他梦里,梦醒后,他再睡不着,睁着眼到天亮。他每晚都失眠。失眠让他吃不好,整天病恹恹的没精神。他觉得自己有罪,自己应该进监狱,接受惩罚,只有进了监狱,他才不会失眠。他一次又一次进警察局,对警察局长说:"你让我进监狱吧。"警察局长说:"你没罪,你杀死的是旧镇长的儿子。"蒙弗兰克说:"正因为我杀死了旧镇长的儿子才有罪。旧镇长的手上沾满了人民党的鲜血,可他儿子的手是干净的。"但警察局长就是一句话:"你没罪,就是没罪。"蒙弗兰克大吼起来:"我有罪,有罪！我该进监狱！"……蒙弗兰克一脸的泪水。

走投无路的蒙弗兰克

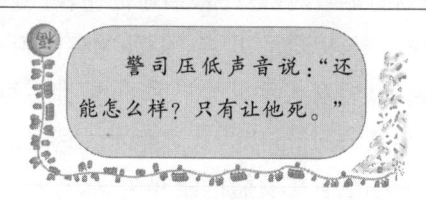

> 警司压低声音说:"还能怎么样?只有让他死。"

这年,莫西河决堤了。咆哮的河水吞没了田野,吞没了村庄。整个世界白茫茫一片。可是倾盆大雨仍下个不停,天和地连在一起。

屋顶上、树上满是呼救的人。

警长对着几百名犯人喊:"谁会划船?"有几个犯人举起手。蒙弗兰克也举起了手。警长说:"那好,你们两人一组,划着船去救人。"蒙弗兰克同卡西莫特一组。两人上了小木船,一前一后地划。

"瞧,那树上有个女人。快点儿。"蒙弗兰克不停地摇着桨。船却撞上了一棵被洪水冲倒的树上,船猛地一晃,站在船尾的卡西莫特掉进河里了。卡西莫特喊:"救我!"蒙弗兰克一回头,卡西莫特已被洪水冲得不见影了。

蒙弗兰克望着浑浊的河水发呆。

"快救我,快救我。"悬在一棵树枝上的女人朝蒙弗兰克挥着手,"我快支持不住了。"

蒙弗兰克叹口气,把船划到树下。女人坐进船里,

流着泪说:"终于安全了。"蒙弗兰克问女人:"你会划船吗?"女人说:"会一点儿。"蒙弗兰克说:"那好,你到船尾帮着划,水流急,我一人划不动。"女人说:"没桨呀。"蒙弗兰克这才知道卡西莫特同桨一起掉进河里了。

女人见蒙弗兰克吃力地摇着桨,说:"你歇歇,我来摇。""你能行?"女人推开蒙弗兰克,熟练地摇起桨来。蒙弗兰克放心了:"那我歇一会儿。"

雨仍下得极急。

女人只顾低头划着船,没注意一根横着的树枝。等到女人看到树枝,却晚了,女人"啊"的一声,掉进河里了。蒙弗兰克忙俯下身来,抓住女人的手,把女人拉上船来。但女人手里的桨丢了。蒙弗兰克很生气:"我们怎么办?我晚上若不归队,警长准以为我逃跑了。到时准给我加刑。"

"对不起。"女人不敢看黑着脸的蒙弗兰克。

船没了桨,只顺着水漂。蒙弗兰克想,若船照这样的速度往下漂游,明天他就可归队。到时让女人给他作证。但是船漂了一会儿,被两棵树卡住了。蒙弗兰克只有下水推船。这是一片树林,船不时被树卡住。天黑时,船又被树卡住了,蒙弗兰克对女人说:"我再没力气下河推船了,我们在这睡一个晚上吧。"

此时的卡西莫特正对警长汇报他怎样掉进河后来被抗洪的军人救起来的事。已过去一天一夜了,蒙弗兰克还没归队。警长很是急,此次让犯人下河救人,是他做的主。若蒙弗兰克逃跑了,他要负责任。警长让人叫来卡西莫特:"你亲眼见到了蒙弗兰克跳进河救人?亲眼见到了他被洪水冲走了?"卡西莫特一脸的困惑。警长又轻声说:"你想减刑吗?"卡西莫特点点头。警长又问:"你亲眼见到蒙弗兰克跳进河里救人?……""是,我亲眼看到了。"

警长对警司汇报了蒙弗兰克救人身亡的事。警司立即把这事向市长汇报了。市长表扬了警长与警司,说他们能把一个犯人改造成为一个英雄,这很不容易。市长说:"蒙弗兰克这种献身精神值得宣扬。"

第二天,各个新闻媒介报道了蒙弗兰克为救人而英雄献身的事迹。蒙弗兰克的事迹鼓舞了成千上万的人。蒙弗兰克也成了他们心目中的英雄。

由市长提议,经议员们的同意,市政府作出向蒙弗兰克的妻子捐赠

100万盾。市长去了蒙弗兰克家，把一张100万盾的支票给了蒙弗兰克的妻子。

哪知四天后的晚上，蒙弗兰克回监狱了。

警长把蒙弗兰克叫进他办公室。警长背着手在办公室走来走去，说的话也语无伦次："你怎么会活着回来？你真应该死！你死了比活着好！你已是全市人的英雄。你妻子已得了100万盾。卡西莫特昨天已出狱了。我过两天就要升为警司了。警司要升为警督了……可你活着回来了，这让我们怎么向市长交待？市长怎么向市民交待？……"警长在办公室里走了一个多小时，也没想出处理这事的办法。警长只有给警司打电话："蒙弗兰克回来了，怎么办？"警司在电话里对警长大骂一顿。警司骂完了，警长问："怎么办？"警司压低声音说："还能怎么样？只有让他死。再说他在所有人的眼里已是一个死人了。"

蒙弗兰克面对着警长的手枪，一点也不怕："警长，开枪吧。"警长说："你真不应该回来。你应该带着你妻子隐姓埋名去别的州生活。"蒙弗兰克说："我回过家，可我妻子不认我，她说我早死了。我知道她担心我活着，市政府会收回给她的100万盾。我在她眼里不值100万盾。我也不想活了，警长，你动手吧。"

"砰"的一声，警长手里的枪响了。

倒霉的小偷

> 矮个子端来一盆冷水泼在小偷脸上。

这事很巧。

小偷刚潜进一户人家行窃时,男人女人就回了家。小偷忙躲进壁橱里。片刻男人女人不知怎么吵起来,且越吵越凶,后来就是一噼里叭啷的响,地上一片狼藉,满是热水瓶、茶杯破碎的残片。他们的儿子也哇哇地哭起来。

就在这时,电话响了。男人一拿起话筒,一脸惊慌,忙说,他不在,我是他朋友。男人搁下话筒,对女人说,快,我们快躲一下,那个讨债的要来了。女人已尝到过那讨债的厉害了。那天她在家,那几个讨债的人把她推来推起,还乘机在她胸前摸一把在她屁股上捏一把,沾些便宜。这弄得女人一连做了几夜恶梦。女人听了这话,忙往外跑。男人倒是很镇定,男人对儿子说,到时有人敲门,你千万别开门,也别出声。男人锁上门,拉着女人上了楼顶。女人说,上楼顶有什么用?他们不同样可找到我们?男人说,最危险的地方最安全。再说楼下肯定有他们的人,我们逃不掉的。

可惜小偷没听见男人女人的话,要不他也不会遇上这倒霉的事了。躲在壁橱里的小偷听见了砰的一声响,心里猜男人女人走了,便走出壁橱,在抽屉里、枕头底下乱翻。小偷什么也没翻到。此时的门又被踢得砰砰响,小偷忙又躺进壁橱。小偷极不愿躲在壁橱里,壁橱里空气少,呼吸极困难。小偷开初干小偷时,都躲在床底下。可现在人们睡的都是低床,他根本躺不进去。

开门,开门。门外的人大声叫,再不开门,我就撬锁。小孩便关了客厅里的灯,说,你们别踢门,我爸让我告诉你屋里没有人。一个人说,他们准在屋里,我一直站在楼下,没有人下楼。

片刻,门就被他们弄开了。

小孩看见屋里一下进来三个气势汹汹的陌生人,骇得大哭起来。一个脸上有一块疤的人说,说,你爸藏哪儿啦?小孩一个劲哭。疤脸抽出一把寒光闪闪的刀,你不说,我就在你脸上划一刀。小孩便说,我爸妈走了。疤脸扇了小孩一巴掌,你还骗人?我们搜。

这样,躲在壁橱里的小偷便被拉出来了。小偷还没明白怎么一回事,身上就挨了几脚。小偷以为主人发现了他,便叫来人揍他。瑟瑟发抖的小偷便说,你们别揍我,别揍我。疤脸说,那你拿钱来。小偷说,我哪有钱呀!疤脸对着小偷就是一脚,你拿不拿钱?小偷只有自认倒霉,小偷便从口袋里拿出 3000 块钱说,你们现在可放了我吧。疤脸拿过 3000 块钱,就这么一点钱想打发我们走?小偷说,我身上只有这么多。疤脸对另外俩人说,搜他的口袋。小偷身上的钱全被搜走了。小偷说,我现在总可以走了吧?那高个子说,剩下的两万块钱什么时候还?小偷惊得眼珠子都要掉出来了,你们的心也太狠了吧?那你们还不如把我送进公安局好。疤脸说,你的意思说不还老板的钱?那行,我在这卸掉你的腿。小偷忙说,你们肯定误会了,你们把我当做那小孩的父亲,其实我不是……小偷的话没说完,脸上又挨了一拳,血从鼻孔里嘴里淌下来了。小偷想,他们准是故意找这种借口讹诈他。小偷便不出声了,他知道一出声就要挨揍。

小孩也止了哭,小孩问小偷,叔叔,你怎么到我家里来了?

讨债的三个人听了这话,互相看了看,疤脸说,这小孩竟这么聪明,竟会护着他爸。疤脸又踢了小偷一脚说,剩下的钱什么时候还?小偷此时

已拿定主意,他决不会让他们再讹诈走两万块钱,要打要剐任他们。小偷说,我一分钱也不会再拿。你们乐意把我怎么样就怎么样,打死我把我送进公安局都行。疤脸说,你以为我不敢打死你?疤脸说着对小偷又是一顿拳脚,小偷栽倒在地上昏过去了。疤脸还要打时,高个子拉住疤脸说,兄弟,别弄出人命。疤脸问,那现在怎么办?要不要请示老板?疤脸说,要不我们把他的儿子带走,他什么时候还钱,我们就什么时候还他的儿子。

  矮个子端来一盆冷水泼在小偷脸上,小偷醒过来了,矮个子说,你不想还钱,我就带走你的儿子。小偷心里说,你们还想演戏给我看?可又一想,他们为什么非要说他是自己的儿子,有这种必要吗?小孩过来抱紧小偷说,叔叔,我不想跟他们走,他们会杀死我的。疤脸过来要抱走小孩,小孩死死抱着小偷,疤脸恼了,对小孩狠狠两巴掌,小孩仍不放手。小偷纳闷了,他们是不是抢劫的?

  小孩的手被疤脸掰开了,疤脸抱着小孩就出门,小孩大声哭,叔叔,救救我,救救我。小偷说,你们别抱走小孩,钱,我过几天就给你们,疤脸说,那你说过几天?小偷说,明天吧。疤脸说,那好,明天我们再来一趟,你明天再不还钱,那就别怪我们不客气。

  他们一出门,小偷便拨了110,小偷说,快来人,我们这里有人抢劫……

  这时小孩的父母进屋了,小孩的父亲忙抢过小偷手里的话筒说,没,我们这里没有抢劫的,这人喝醉了酒,乱打电话……

  后来小偷知道了事情的缘由,便连连叹气,唉……,我倒霉透了……唉!

策 略

> "我这人不是当官的料。我还是喜欢搞我的本行。"

我在部队是靠笔杆子吃饭的,在政治部当宣传干事,平时写新闻报道。业余时间写写小说,画画油画。转业后,我很想进文化单位,譬如市文联、市文化馆。遗憾的是这些单位的编制都满了。

爱人劝我:"进文化单位有啥好?只拿死工资,福利待遇又低,当副乡长多好。"开初组织上分我到一个乡当副乡长。也就是相当于正科级,按政策部队干部转业到地方,职务上都降一级,而我没降,组织上对我极其关照。

"我这人不是当官的料。我还是喜欢搞我的本行。"爱人不好再说什么了。

可我一直在家等工作也不是个办法,一晃眼,三个月过去了。如再过三个月,我的工作还没着落,组织上就按我自动放弃工作处理,会把我的档案放到人才交流中心,今后得自己找工作。正当我为工作没着落的事烦时,战友江新平来我家玩了。江新平比我早两年转业,他开初分在国税局当科长。当了两年,觉得没意思,就辞职了,自己开了家广告公司,公司的名字大得吓人,叫昆仑广告有限公司。据说生意极好。

江新平问我:"你分在哪儿?"

"开初让我去北山乡当副乡长,我没去。我说想进文化单位,组织上让我自己找,只要文化单位肯要我,组织上就同意。可找不到接收单位,一晃眼就过去了三个月。"

"看来你这忙,我帮定了。"

"你能帮我的忙?那太好了!战友,战友,亲如兄弟……"我一高兴就唱起在部队时常唱的歌。

"那晚上得请我下馆子,来个一醉方休?"

"那是自然。"

从江新平嘴里知道,市文化局刚成立了一个创作室,编委会批了三个编制,目前进了两个人。而江新平的舅舅在市文化局当副局长。江新平说:"看来这个编制是专门留给你的。"

第二天,江新平就带我去了他舅舅家。他舅舅姓孙。孙副局长看了我带去的一摞发表的作品,当即拍板:"你这人我要定了。"

想不到我的工作竟这么快就落实了,比我想像中要容易得多,这让我有点不敢相信:"孙局长,你真要我?"

"要,一定要。"孙副局长极爽快,"你就等着报到吧。"

出了孙副局长的门,我问江新平:"要不要给你舅意思一下?"

江新平说:"不要。我舅舅很反感这一套。"

一个星期后,文化局开党委会。到研究我的事时,因孙副局长在会上一个劲讲我怎么好怎么好。文化局的一把手郑局长兼局党委书记就反感了。本来两人在工作上总走不到一起,几年都是碰碰磕磕的。郑局长起了疑心,以为我是孙副局长的人。是你的人,那他再好,我就不调。郑局长一锤定音:"这编制暂空着,这事暂不研究。"

正当我灰心丧气时,江新平说:"你的事还有希望。我带你去见个人,他叫张强。张强同我是哥们儿。让他带你去见市文化局的第三把手,何副局长。何副局长是张强的姑父。"

"找你舅舅都没有用,找何副局长有用吗?"

"这官场上的事很复杂很微妙，看来你不去北山当副乡长是明智的选择。好吧，我说详细点儿，我舅同郑局长不和，我舅同郑局长都想把何副局长拉到自己这边。但何副局长很精明，郑局长尽管大权在握，但快退休了。郑局长退了，我舅有可能扶正……这事讲下来很复杂，听得你的头皮都痛。总之，何副局长因不知站谁一边，索性哪边也不站，中立。你这事，我已同我舅打好了招呼，若何副局长提你的事，我让他尽力讲你怎么怎么不行，到时郑局长以为你同我舅有矛盾，准会同意。要知道不管办什么事都应讲究策略。"

"可是，可是我还是我呀。要知道我的材料还在市文化局，郑局长没看我的材料？不记得我的名字？"

"你的材料我舅已经拿回来了。我舅让你重新准备材料。你户口簿上不是有两个名字吗？上回报的是陈冬生，这回报陈修林，上回你的材料写的尽是你发表了多少作品，这回你只写画的什么画，参加了什么美展，得了什么奖。这样一来，在郑局长眼里，这回的陈修林同陈冬生是两个人，一个是作家，一个是画家。"

半个月后，江新平给我来了电话："告诉你好消息，你的事在文化局党委会上刚通过了。"

我想笑，却怎么也笑不起来。

"你不高兴？"江新平问。

"高兴，高兴。今天晚上去鄱阳湖大酒店，我俩又来个一醉方休。"

英子的阴谋

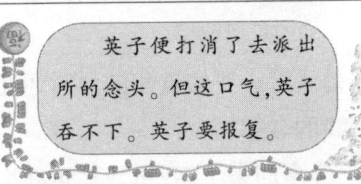

> 英子便打消了去派出所的念头。但这口气,英子吞不下。英子要报复。

还有三个月零六天,英子就要出嫁了。这日子可是英子掰着手指头一天天数过来的。英子要嫁的人是邻村的石头。一想起石头,英子的脸就火烤样烫,心也扑通扑通地乱跳,似要从她喉咙口蹿出来。英子就骂自己,不知害躁。但英子控制不住自己不想石头。英子一天要想石头好多遍,特别是晚上,躺在床上的英子想石头想得更苦。还总做同石头在一起的梦。一想起梦里的事,英子就脸红。

原来英子同石头在佛山一家玩具厂打工。因英子要为自己置办嫁妆,就回家了。其实英子不回家也可以,嫁妆由她母亲置办好。可英子怕母亲置办的嫁妆不合自己的意。英子的母亲也这样担心,母亲打电话给英子说,你还是回家吧。

这些天,英子为置办嫁妆忙得团团转,连喘口气的机会也没有。要买的东西太多了,电器有电视机、电扇、录音机等;床上用品有被子、被单、枕头等;日常用品有香皂、毛巾、牙膏、牙刷等。多得数都数不清楚。这些东

西买什么牌子,什么款式,都要英子拿主意。花了半个月,英子终于把这些东西买完了。

英子开初想买家具,买的家具好看。可村里几个嫁过来没多久的女人劝英子不要买家具,说买的家具虽然好看,但不耐用。她们买的家具仅用了一两年不是合页松了,就是油漆掉了,要不就是抽屉关不严实,老鼠在抽屉里做了窝。英子便打消了买家具的念头。碰巧英子的表姐也刚打完一套家具。表姐说她请的安徽木匠手艺好,打的家具款式新且好看还耐用,价钱也公道。英子看了表姐的那套家具,觉得表姐说的在理,便把安徽木匠请来了。

安徽木匠的话极多,嘴皮子没停的时候。英子又想到石头,石头同安徽木匠相反,是个话极少的人。同英子在一起时,英子问啥,石头才答啥,没一句多余话。英子就对安徽木匠说,你哪有那么多废话?安徽木匠只安静了一两分钟,又说话了,不行,你若要我不说话,那只有把我的舌头割了,或者拿针缝上我的嘴巴……你要嫁的那个男人长得帅不帅?喜不喜欢你?……安徽木匠一说就说个没完。英子进了房,关了门。安徽木匠又唱起歌来,哥是水哟妹是鱼哟,是鱼哟就离不开水哟……安徽木匠的声音还蛮好听。

这天中午,英子睡午觉时,又做梦了。这回出现的男人竟是安徽木匠。安徽木匠先是吻她的嘴,后来吻她的胸,然后他的嘴一直往下移。英子泥一样软的身子一抖一抖的还哼哼呀呀呻吟起来。当英子感到下身突然疼痛时,醒了,压在自己身上的竟真的是安徽木匠。英子不住地挣,但已晚了。安徽木匠已做完他做的事了。英子说,我要去告你,要你去坐牢。安徽木匠便扑通一声朝英子跪下来,别,千万别告我,求求你,只要你不告我,你怎样处罚我都认了。再说你若告了我,你不但得不到一点儿好处,名声反而坏了。名声坏了,他还会娶你?

英子便打消了去派出所的念头。但这口气,英子吞不下。英子要报复。但怎样报复呢?英子左想右想,想得头都痛了,也没想好报复安徽木匠的办法。几天后,英子见到了玩泥巴的水仙,眼前一亮,有了。英子对水仙说,水仙,你想出嫁吗?水仙说,想呀。英子又说,你看嫁给我家做家具的木匠怎么样?他长得那么好看,又会唱歌,而且会挣很多钱。你嫁了

他，天天有好吃的东西吃。水仙笑了，那我现在就嫁给他。水仙说着就要去英子家。英子拉住了，现在不行。要不明天吧？明天中午你去我家。对了，你要嫁给那木匠的事，千万别告诉任何人。要不，那木匠就不要你了。水仙一蹦一跳的走了。

第二天，英子就去城里买来肉、鱼等许多菜。英子的父亲吃过早饭，就拉着大板车去了县城。母亲这两天一直在英子外婆家，英子的外婆病了，要人照顾。

英子喊木匠吃饭时，木匠的眼亮了，桌上摆了八个碟子，还放着一瓶酒。安徽木匠说，你不恨我啦。英子说，怎么不恨？恨不得一刀杀了你！吃吧。英子给安徽木匠倒了满满一杯酒，又给自己倒了一杯。安徽木匠喝了一口，说，这么甜？真好喝。英子说，好，那就干了。英子举起杯，一口干了。安徽木匠也一口干了。英子又给安徽木匠倒上满满一杯。安徽木匠喝了三杯，头晕眼花了，这酒后劲咋这么大？不行，我肚子里似有把火在蹿，我得睡一觉。

安徽木匠打起鼾声后，英子也出了门。英子见到了玩泥巴的水仙，说，水仙，走，去我家，那木匠说要娶你呢。

水仙被英子带到家里，又被英子推进了安徽木匠睡的房。英子说，水仙，你把衣服脱了，上床睡。水仙把身上的衣服全脱了，钻进了被子。英子带上门，站在窗子前，监视着安徽木匠同水仙的一举一动。当英子见安徽木匠压在水仙的身上时，便大喊，来人呀，抓强奸犯呀。许多村人来了。当水仙的父亲见到这一切时，对着安徽木匠的脸狠狠一拳，安徽木匠的脸便开了花。水仙的父亲对安徽木匠说，你现在有两条路走，一条路，去坐牢；另一条路，娶了我女儿。水仙对安徽木匠说，我不要你去坐牢，我要你娶我，娶我。安徽木匠的牙一咬，说，行，我娶她。水仙的父亲说，那好，明天就去打结婚证。

后来，英子竟发现自己怀孕了。还在英子家打家具的安徽木匠见了干呕的英子，问，不是怀上了吧？那我要做爸爸啦。

几天后，英子怀孕的事，全村人都知道了。

石头家的人也来退亲了。

英子知道她怀孕的事是安徽木匠故意传出去的。英子对安徽木匠

说,现在怎么办?带我去你安徽老家?安徽木匠笑着说,那我不犯了重婚罪?英子说,你就心甘情愿同那疯女人过一辈子?安徽木匠说,那我好好考虑一下,明天告诉你。英子的泪竟掉下来了,好吧,你考虑吧。安徽木匠突然一把搂住英子,笑了,我是逗你玩的。走,我们今天晚上就走。

一只狗的自述

> 包工头愤怒地说,这狗是我从周局长那儿花两万块钱买来的。

其实我是一只普通的波斯狗,我的第一个主人是养狗专业户。我出生两个月后,第一个主人把我卖给了一个叫刘玉亮的人,刘玉亮买我花了100块钱。

刘玉亮成了我第二个主人。

但刘玉亮并不喜欢我,即不给我好吃的东西吃,又不逗我玩。我对他摇头摆尾往他腿上蹭时,他还踢了我一脚:"滚,滚一边去。"

我感到纳闷,刘玉亮这家伙讨厌我,为啥还要买我?难道刘玉亮买我是把我当做礼物送给别人?

晚上,刘玉亮一个朋友来了。朋友对刘玉亮说,你不是想当办公室主任吗?还不去周局长家走一趟。已有几个想当办公室主任的人去了周局长家。

刘玉亮说,你知道我的底子,老婆下岗了,乡下的父母又多病……我听说局长的夫人喜欢狗,就花了100块钱买了这只波斯狗。

刘玉亮的朋友笑了,100块钱的礼物,你送得出手?要知道人家都是万儿八千的送。

说实话，我听了刘玉亮的话，很高兴，局长的夫人若成了我的主人，还怕今后没吃香喝辣的好日子过？我真想对刘玉亮说，你快把我送给局长夫人，还等什么？

第二天晚上，刘玉亮抱着我进了周局长的门。

周局长见了我，一点也不高兴，周局长冷着脸对刘玉亮说，小刘，你这是干啥？刘玉亮堆起一脸的笑，周局长，听说阿姨喜欢狗，我就……刘玉亮再没话了。刘玉亮站了会儿，放下我走了。

周局长说，小刘这人有病，竟送只普通的波斯狗来。局长夫人把我抱在怀里，抚着我的头说，我猜这不是一只普通的波斯狗，可能是条名狗。要知道名狗很值钱。局长夫人拿来一根火腿肠喂我，我的肚里尽管饿得咕咕叫，但我作出对火腿肠不感兴趣的样子，我把嘴里的涎水不住地往肚里咽。既然是名狗，那得有名狗的绅士风度。果然，局长夫人说，瞧瞧，我说对了，火腿肠它都不吃。

就在这时，门铃响了。周局长开了门，进来一位大腹便便的中年人。中年人一见我，就把我抱在怀里，局长，你这只德国波斯狗真可爱。我女人早吵着要买德国波斯狗，要不，卖给我吧。这狗市场价卖2万块，我不要周局长吃亏。周局长，这是2万。那中年人说着从包里掏出两扎钱放在茶几上。

周局长说，行。

中年人抱着我同周局长告辞时说，周局长，局里的三幢宿舍，我很想包下来。

周局长说，我会考虑。

原来这个中年人是个包工头。这包工头成了我的第四位主人。我不知道我的第五位主人是个什么人。

包工头拎着我的脖子到了他家。一进门，他就把我往地上一摔，我痛得汪的一声叫。

包头的妻子说，你带只狗回来干吗？

包工头愤怒地说，这狗是我从周局长那儿花2万块钱买来的，市场上最多只卖100块钱。

几天后，包工头把我送人啦。

后来我又换了七个主人。

这天晚上,我的主人抱着我按响一人家的门铃。门开了,你们猜开门的人是谁,竟然是刘玉亮。刘玉亮搬了家,难怪我开初没认出来。好在刘玉亮没认出我。我的主人对刘玉亮说,刘主任,听说嫂子喜欢德国波斯狗,我就……我的主人再没话了。

我这才知道刘玉亮当上办公室主任了。

我的主人走后,刘主任对他妻子说,你给狗喂点儿东西,明天我把这德国波斯狗给周局长送去,周局长夫人喜欢狗。周局长是个好人,我以前送他一只普通的波斯狗,他就让我当主任了。我要知恩图报。

挨骂公司

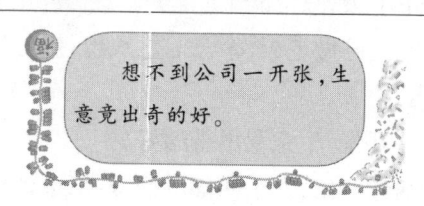

> 想不到公司一开张,生意竟出奇的好。

李飞开初是昆仑实业有限公司办公室的秘书。办公室主任是个40多岁的女人,姓徐。李飞很尊重她,总一口一声徐主任。徐主任却不领情,工作上总给李飞小鞋穿。还到总经理跟前打报告,说他这不行那不行的,如工作不细,许多事办起来出差错;还比如为人处事不成熟,不该说的话却说,不该做的事却做,弄得总经理见了李飞也没好脸色。

这样的环境,李飞自然觉得度日如年。

徐主任不在办公室时,李飞就关了门骂徐主任,拣世上最恶毒的字眼骂,不过声音放得很小。李飞设想徐主任就坐在他面前,徐主任在李飞唾沫四溅的骂声中低下了头,李飞憋在心里的怨气也烟消云散了。

一回,李飞又骂徐主任,开初声音很小,后来李飞骂得淋漓尽致,他已进入了角色,忘了公司其他人都上班。李飞的声音渐渐大起来:"你这个进入更年期的臭女人,你以为你是谁?该屙泡尿照照自己,丑八怪!你脱了衣服站在我面前,我都挺不起来。你只配让那些要饭的男

人、那些疯男人睡……"李飞越骂越有劲,声音越来越大,后面的字眼越来越脏,越来越毒。李飞不知总经理、徐主任及十几名员工都站在门外。

徐主任再也无法听下去,一脚踢开了门,指着李飞说:"你骂谁?"李飞这才醒过来。李飞忙说:"徐主任,您坐。我刚才是骂我自己,我恨自己能力低,办事让你不满意。来,喝杯茶。"李飞拿了徐主任的茶杯,想泡茶。徐主任夺过茶杯:"我才不敢喝你泡的茶呢。"

李飞自然干不下去,只得辞了职。李飞不想再在别人手下干,不想挨别人的骂。李飞想自己做老板,李飞七想八想,想得脑子裂了,才想到开个"李飞挨骂公司"。

想不到公司一开张,生意竟出奇的好。

李飞招聘了两位小姐,安了两部电话,两部电话根本不够用,许多电话打不进来。李飞又把自己的电话开通了。电话铃响了,李飞拿起话筒:"喂,你好。我这是挨骂公司,你想怎么骂就怎么骂吧,只要你骂得痛快。""好,那我就骂啦。"是女人的声音。"你骂吧。""你想揩老娘的油水?没门!你以为你是谁?你凭啥?要钱你没钱,要相貌你没相貌。哼,凭感情?!现在感情值几个钱?你这个乌龟王八蛋离老娘远点儿。你说我同又老又丑的张书记能上床,你咋不能?可他是书记呀,他一甩手就给我买了套三室二厅,他还把单位几幢宿舍楼包给了我弟弟。你拿啥来同我上床?说呀,你别再烦我,离我远点儿,我讨厌你……"李飞再也忍不住了,对着话筒骂起来:"你以为你是谁?是七仙女?是梦露?是杨贵妃?狗屁!你那上面长了花?有香味?像你这样的女人,发廊里、歌舞厅里多的是,老子花100块钱就能弄一下。"那女人愤怒得快疯了:"喂,你有没有搞错,我花钱买骂受?"李飞笑着说:"小姐,你打错了电话,我这不是'挨骂公司'。"

几天后,公司的两位小姐也经不住客户的臭骂,辞职了。李飞又四处贴招聘广告,工资尽管每月给2000块,但员工就是干不了长久。李飞便招来几个聋子。电话一响,李飞就做拿话筒的手势。聋子便拿起话筒说:"喂,你好,我这是挨骂公司,你想怎么骂就怎么骂。"客户骂了一通,问:"你在听吗?"聋子却听不到,没反应。客户以为没有人听,就挂了电话,还拒绝付电话费。

这样,聋子就不能再接电话了。但有客户来公司找人当面骂时,聋子

就可上场。聋子一脸微笑的任客户骂，不管客户用多脏的字眼骂，聋子也不会生气，仍一脸微笑任客户骂。李飞再不担心聋子会同客户打起来。以前的员工不但会同客户对骂，有一回。一位员工把骂他的客户打得鼻青脸肿的，李飞不但没收到客户的钱，还倒拿钱给客户。

但时间久了，客户就看出李飞挨骂公司的员工是聋子，又有受骗的感觉，骂聋子同骂猪骂狗有什么区别？

公司陷入困境，李飞的母亲说："让我试试。"李飞说："妈，客户那么恶毒地骂你，你不生气？"李飞的母亲说："以前刚进你家时，挨你奶奶的骂，现在老了，挨你两个嫂子的骂，已习惯了。"李飞听了这话，心里酸酸的不好受。李飞说："妈，你还是歇着吧，我不忍心再让你挨骂。""你这公司不开了？""开，怎么不开？我明天就贴广告出去，专招聘妈这样的人。她们在家挨媳妇的骂，没钱，在我公司挨骂却有钱，他们挣钱，媳妇自然很高兴，不再骂她们了。"

仅一天，李飞就招了十名60岁左右的女人。这些女人都经骂，无论客户怎么骂，她们都聋子样没听见，一点也不生气。

"李飞挨骂公司"的生意又极火暴。

李飞又招了五名60岁左右的妇女，可她们上班的第一天，竟有一个人接电话后得脑溢血死了，她接的是一位色狼的电话。色狼说出的话脏得同腐烂垃圾，很远就闻到一股臭味。她气极了："你才20多岁，能当我孙子。"色狼说："我就想同老女人睡觉，老女人有经验，老女人的身子已干了，进去时准很痛。我喜欢看你痛得变了形的五官，喜欢听你痛得发出唉唉叫的呻吟声……"

她一头栽倒在地上了。

她咋这样不经骂呢？李飞一调查，原来这位老人嫁的男人是个孤儿。老人没生儿子，只生了三个女儿。原来老人年轻时既没挨过婆婆的骂又没挨过儿媳妇的骂，自然不经骂了。

公司出了人命，李飞赔了几万块钱不说，执照也被工商局吊销了。

好 领 导

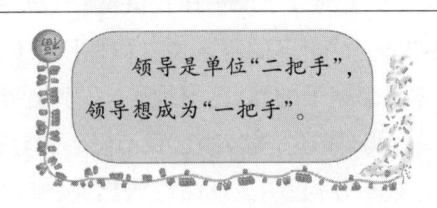

> 领导是单位"二把手",
> 领导想成为"一把手"。

这天,领导一上班,就接到一个电话,电话是领导的朋友打来的。朋友说:"周局长的儿子病了,住在人民医院的311号房间。"领导说:"好,我这就去探望。"领导进了办公室,对秘书说:"如果有人找我,你就说我出去办事了。"秘书说:"9点钟您不是要同一个重要客户谈判吗?""让他等我一个小时好了。"

领导是单位"二把手",领导想成为"一把手"。好在"一把手"快退下来,如果不出什么意外,领导自然成为"一把手"。在这节骨眼上,领导自然小心翼翼的,怕在"一把手"面前留下不好的印象。如给"一把手"留下不好的印象,那准会从外面调个人当"一把手",那他的官就当到头了,永远是单位的"二把手"。这回,周局长的儿子病了,其他人都早早地探望去了,你不去探望或者去晚了,那周局长会怎么想?

领导拎了一大包"中华鳖精"、"冬虫夏草"等营养品进了人民医院311房。

躺在床上的年轻人见了领导,很感动,紧紧握住领

导伸过来的手,说:"想不到您会来看我,您真是个好领导。"

领导说:"你好好养病。你爸呢?""他太忙。""替我向你爸问好。"

这时,领导的手机又响了。领导接了,是"一把手"打来的:"你在哪里?快来局里,客户等你等得发急,他说你不来,他就走,不想再跟我们做生意了。"

"一把手"还没正式退,再说局里很重视"一把手"推荐人的建议,他自然不敢得罪"一把手",那么多年都熬过来了,还熬不过这几个月?领导便说:"我马上到。"

路上偏偏又堵车,半个小时后,领导赶到单位时,客户已走了。"一把手"的脸色极难看,"我们单位一下损失100多万……你约好了客户,竟又不准时见他……到时,职工全对你有意见。""一把手"说完很失望地叹了口气。

领导说:"路上堵车……""别狡辩了。开初秘书还提醒了你,还有什么事比同客户谈判重要呢?这事可关系着单位所有职工的利益。"领导的头"嗡"地一声响,完了,只有在梦里当"一把手"了。领导又一想,现在只有把希望全系在周局长身上了,如果周局长一定让他当"一把手",别的人顶不住的。领导便拨周局长的手机,通了后,领导说:"周局长,您好!我是小李呀,小周的病好了吧?我刚去医院探望了小周。可回单位时,因路上堵车,回单位后,挨了一顿好训。""你刚去过医院?不会吧?我上午一直在医院。"周局长冷冷地扔下这一句,就关机了。

领导的头皮一麻,周局长一直呆在医院,那自己怎么没见到周局长?难道自己走错了房间?领导愣了好久,才给朋友打电话:"喂,周局长的儿子到底住哪个房间?""我不是已告诉你了吗?他住301房。""唉,你可害苦了我。我现在完了,完了,你开初说周局长的儿子住在311房间。""是你听错了还是我说错了?如我说错了,那真对不起,我不是故意的……"领导懒得听朋友解释,关了机。

一个月后,"一把手"退了,从外面调来一个人当"一把手"。

领导以为自己的仕途已到头了,不想两年后,管人事的市委杨副书记竟找领导谈话了:"许多人反映你是个好领导,说你关心职工的疾苦。""这方面我做得不够,很不够。杨书记您过奖了。""别谦虚。两年前,你单

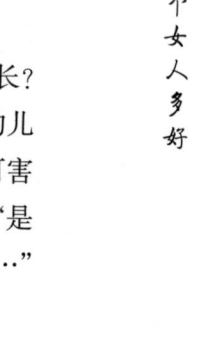

位的一名职工病了,你还买了东西去看他,这难能可贵。"领导想起来了,领导叹着气说:"唉,一提那事,我心里就难受。我那时被领导狠狠训了一顿,我不理解,同客户谈判重要,难道探望生病的职工就不重要?""我现在想给你挪个位置,工商局的张副局长患肝癌去世了,空出一个位置,不知你有什么意见?工商局的李局长再过两年就退下来了,你还年轻。"领导激动得声音都抖了:"谢谢杨书记的提拔。我个人没意见,服从组织分配。只是我能力低,怕当不好这个副局长。""好,就这么定了。"

这时传来敲门声,杨书记说:"进来。"进来一个年轻人,年轻人见了领导,握住领导的手笑着说:"你好。感谢两年前你去医院看我。那时我在科里受到科长的排挤。你探望我后,科长以为我同你有什么裙带关系,再不敢刁难我了,我重新振作起来了。你真是个好领导。"年轻人又转过头来对杨书记说:"爸爸,婷婷让我来……"

领导忙告辞。

领导后来探听到那个年轻人是市委杨书记的女婿。不过两年前,年轻人还不认识杨书记的女儿。

我是局长的狗

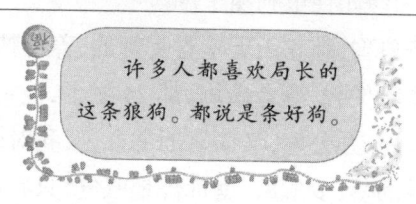

> 许多人都喜欢局长的这条狼狗。都说是条好狗。

局长养了条狼狗。

局长的家离局办公大楼就几十米远,因而那条狼狗总蹿到局办公大楼来玩。好在那条狼狗并不狗仗人势,对人极温顺,从不朝人龇牙咧嘴的狂叫。

许多人都喜欢局长的这条狼狗。都说是条好狗。

因而局里的人的口袋里都备了好吃的东西,如火腿肠、排骨、香肠什么的,他们都当着局长的面喂给狼狗吃。局长笑着说:"你们别惯坏了它。今后我若养不起它,你们得养。"局里的人都笑着说:"好,好,我们帮局长养着这条狗就是。"

这条狼狗很机灵,谁不给它食物吃,它就不同谁亲昵,就给谁冷脸。局里的人谁都不敢得罪这条狼狗,得罪了狼狗也就得罪了局长。狼狗对谁亲昵对谁冷淡,局长一看就知道。

这样,全局的人除了我和小云外,都同狼狗打成一片了。小云是怕狗,她小时被疯狗咬了,一朝被蛇咬,十年怕井绳。她一见到狼狗,就骇得全身发抖。我倒不怕

狗,只是我太穷,买不起那些排骨、火腿肠、香肠。我是聘用的,工资定得很少,一个月才300元钱。我家又在农村,父母都极需要钱。说实在的,我在食堂里总吃素菜,只有在过年过节时才奢侈一下,吃回荤菜。

但让我感到纳闷的是,一个月后,我看到小云竟将狼狗搂在怀里了。我问小云:"你不再怕狗啦?"小云说:"有什么办法?局长前两天找我谈话,问我是不是对他有意见。如我再不同他的狼狗亲近,那我下回准会下岗。"小云说着拿瓶酸奶往狼狗嘴里倒。

我极羡慕这条狼狗,瞧它天天吃香喝辣的,养得膘肥体壮,还搂红揽绿,身边蜂飞蝶舞。哪像我,瘦骨嶙峋,都24岁了,连女人的手都没拉过。说实在的,同小云一个办公室,又面对面的办公,我对她想入非非的。我总做同她一起亲昵的梦,梦醒后,就郁郁地叹气,只有用双手把没做完的梦做下去。但我不敢对她表露心迹,我怕她看不中我。

如今小云把狼狗抱在怀里,她还在狼狗的脸上亲了一下,我心里酸酸的不好受。我说:"我真想做局长的这条狼狗。"我说这话时,眼里涩涩的。小云叹口气说:"小峰,你说得对,我也想做局长的狼狗呢。做局长的狼狗,全局的人都朝我点头哈腰的,谁也不敢得罪我。哪像现在,谁都可以对我吆来叱去的。"

几天后,我把局长的狼狗毒死了。我把狗皮穿在身上,开缝的地方,我拿麻绳牢牢地缝住了。

我成了局长的狼狗了。

局长及许多人说,这狼狗越来越聪明。

吃喝着全局的人贡献出来的牛排、火腿肠、鸡鸭、牛奶等还有我听都没听说过的东西,我的体重呼呼往上蹿,久了,狗皮就粘在我身上了。我也不会讲话了,只会汪汪地吠。我真的成了一只狗了。

我最喜欢呆的地方还是小云的办公室。

小云总爱把我搂在怀里,我的头埋在她的双乳间,闻着她身上散发出的肤香,我激动得全身发抖。我心里想,还是变成了局长的狼狗好,要不我怕一辈子也没机会同小云贴得这样紧。

局长也发现我同小云最亲,局长很高兴,把小云提升为科长了。提了科长的小云更高兴,对我又搂又亲的,笑着说:"这都是你的功劳,我得好好感谢你。"小云买来一大包我平时喜欢吃的东西,我吃得滋滋有味。

这天小云下班回家,我一直跟在小云身后。小云说:"局长,你的狼狗想跟我回家呢。"局长说:"你就带它回家吧。谁叫它这么依恋你呢。"

小云上床睡觉时,我都赖在小云的房间里。小云只有依了我,让我睡在她房里。小云睡觉时,竟脱得精光。

半夜,我听见小云喊我的名字:"小峰,小峰。"我呼的一声蹿上床了,我把小云紧紧搂在怀里。小云把我搂得紧紧的。后来她痛得惊叫一声,醒了,见了怀里的我,忙把我踢下床了。她见了床单上有一大团红时,才确信她做了什么事。她伤心地大哭起来,我很想安慰她,吐出嘴的却是"汪汪"的声音。我嗯嗯地哭了。

后来小云变得离不开我了,她一回抚着我的脸说:"你要是小峰就好了,我很喜欢他。以前在一起时不觉得,如今他失踪了,我才知道他对我有多么重要。"

我听了这话,泪水哗哗地淌下来了。我这时不想做狗了,我想做以前的我。

这天上午,小云正把我搂在怀里,市委刘副书记进来了。刘副书记来局里视察工作,没通知局里。刘副书记问小云:"你上班还搂着狗?这狗是谁的?"小云骇得双腿筛子样发抖,额上也出汗了:"这狗是局长的……"这时局长也进来了。局长狠狠地看着小云,小云忙改口:"不,这狗是我的,不是局长的。"局长说:"把狗拉出去杀了。小云同志,搂着一条狼狗上班,成何体统?"

几个年轻人拿了绳子站在那看着局长,小云忙推我,她要我跑。我不,我愤怒地扑向局长,我原本想咬他的脖子,可他躲了,只咬下他肩头的一块肉。我想再咬局长时,头上挨了重重一铁棍,我倒在地上了。

局长从年轻人手里夺过铁棍,朝我头上狠狠砸了几棍后,说:"这狗疯了。快送我去医院打防疫苗。"

谁毒死了村长的狗

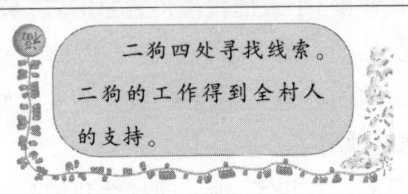

> 二狗四处寻找线索。二狗的工作得到全村人的支持。

村长的狼狗竟被哪个吃了豹子胆的人毒死了。

村里人都担心村长怀疑自己毒死了那条狼狗,便都去村长家向村长表白自己的清白。当然去村长家不能空手,都拎着鼓囊囊的包。村长听了村人的表白,说,谁毒死了我的狗,我心里清楚。村里人就说,那就好,那就好。村里人很想知道村长怀疑谁毒死了他的狼狗,但又不敢问。村长便说,村里这么多狗,可为啥单单毒死我的狗?

村长这话传到村里那些养了狗的村里人耳朵里。那些养了狗的村人惶惶不安。为了证明自己的清白,他们都毒死了自己的狗。但他们都装模作样地站在村头骂:哪个短命鬼毒死了我的狗?毒死了我的狗的人有命活20岁没命活30岁……啥恶毒的话都骂出口了。他们心里暗笑,自己骂自己还骂得这么起劲。

村里再没一条狗了,一到晚上村里变得死静。原来村里不是这只狗叫,就是那只狗叫。有时一只狗莫名其妙地叫一声,村里所有的狗都跟着叫起来。村里人总要

被吵醒几次。特别是那些上了年岁的人，晚上本来很难睡着，好不容易睡了，又被狗叫声吵醒了，只有睁着眼在床上翻来覆去熬到天亮。他们心里都感激那个毒死了村长的狗的人。

如果不是二狗想讨好村长，那么村长的狗被毒死的事就会成为无头案。可是二狗有许多事要求村长。二狗想当村里竹器厂的厂长，二狗想在公路旁申请一块宅基地，这些事都要村长点头。二狗就找到村长拍着胸脯说，村长，我一定要查出谁是毒害你狼狗的凶手。村长说，这事就算了，查出谁是凶手又有什么意思呢？村长这态度很让二狗失望。但二狗又一想，村长表面不支持他追查凶手，不见得心里也不支持他追查凶手。二狗这样一想，很为自己的聪明高兴，很得意地笑了。

二狗四处寻找线索。二狗的工作得到全村人的支持。二狗尽管没说是村长让他追查凶手，但二狗话里弦外之音让村里人觉得二狗追查凶手是村长授意的。村里人很是羡慕二狗。如果村长不信任二狗，会让二狗干这事？因而村里人对二狗极热情，二狗到谁家找线索，谁都会递烟递茶，有的人还下面条下鸡蛋，还留二狗吃饭。吃饭时二狗当然坐上席。谁都不敢怠慢二狗，都担心二狗怀疑自己毒死了村长的狗。二狗怀疑谁毒死了村长的狗，那么村长自然也怀疑谁毒死了他的狗。

通过几天的调查，鸟蛋成了二狗怀疑的对象。村长的狗在被毒死前的几天，鸟蛋还拿扁担打过村长的狼狗。那时鸟蛋还说要毒死村长的狗。二狗找到鸟蛋说，你拿什么毒死了村长的狗？鸟蛋忙说，二狗，你莫乱说，我哪敢毒死村长的狗？二狗说，你没毒死村长的狗，那么是谁毒死了村长的狗？鸟蛋说，我干吗要毒死村长的狗？二狗说，你恨村长的狗！村长的狗咬死了你十几只下蛋的鸡，那天你拿扁担打了村长的狗。这就是你作案的动机。鸟蛋急了，我的好二狗兄弟，你真的别乱猜疑，我有这心也没这胆。我如果毒死了村长的狗，我全家人都没命过年。二狗听不进鸟蛋的话，二狗去村长家报喜，可村长到沿海农村考察去了。

但全村人都知道鸟蛋毒死了村长的狗。村里人在路上遇见了鸟蛋，都冷着脸不搭理。鸟蛋主动打招呼，村里人也聋子样没听见。村里人都想疏远鸟蛋。如果跟鸟蛋亲近了，会被怀疑是鸟蛋的同谋，谁会那么傻？再说疏远了鸟蛋从另一个角度来讲那就是亲近了村长。鸟蛋便见一个村里

人就解释,我真的没毒死村长的狗,我如毒死了村长的狗,那我就断子绝孙。村里人说,毒没毒死村长的狗,自己心里最清楚。

鸟蛋去了村长家,对村长的女人说,大嫂,你要救救我,现在全村的人都说我毒死了你家的狗。全村的人都不理我了……

村长的女人打断鸟蛋的话,村里人咋都说你毒死了我家的狗,咋不说别人毒死了我家的狗?

鸟蛋的腿一软,"扑通"一声跪下来,大嫂,你也以为我毒死了你家的狗,这真冤枉我,我如果毒死了你家的狗,出门就遭雷打死……村长的女人再不理鸟蛋了,任一脸泪水的鸟蛋跪在那儿。

村长考察回来时,鸟蛋已疯了。疯了的鸟蛋一见人就说,我没毒死村长的狗,我没毒死村长的狗。鸟蛋翻来覆去的就这一句话。村长很痛心,他叫来了二狗,狠狠地扇了二狗一巴掌,都是你这狗日的办的好事!二狗挺委屈,村长,你的狗真是鸟蛋毒死的,他恨你的狗,有作案的动机……

村长打断二狗的话,放你妈的屁!我的狼狗是我自己毒死的!二狗不懂,愕愕地望着村长。村长说,我这狼狗不是条好狗。一到晚上不管什么人到我家里来,它都狂叫着要咬人,吓得人都不敢进我家的门了。

二狗听了村长的话,脑子开窍了,因为有了那条狼狗,那些送礼的不敢进村长家的门,村长自然恨它。二狗说,那真不是条好狗,是该毒死。

后来,二狗当上了竹器厂的厂长了。

英雄的狗

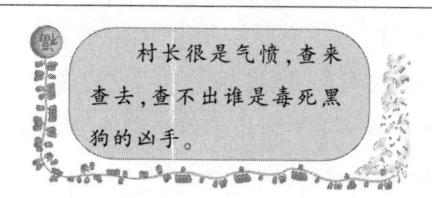

> 村长很是气愤，查来查去，查不出谁是毒死黑狗的凶手。

狗六死时，狗剩才 10 岁。那时狗剩扑在狗六身上号啕大哭，村人眼里都噙着泪水。狗剩的娘早死了，如今爹又死了，狗剩的命咋这样苦？几个心软的女人忍不住哭出声了，引得其他的村人也哭了。狗六的黑狗也跟着呜呜地呜咽起来。

村长把狗剩搂在怀里，替狗剩抹去泪水："狗剩，你放心，你是英雄的儿子，我们不会扔下你不管。今后有我们一口干的吃，决不让你喝稀的。你爹死得值，如不是你爹用身子堵住了决口，那我们全村人都得被洪水淹死。"此时，黑狗也往村长怀里钻，村长就拍着黑狗的头说："你是英雄的狗，我们决不会让你受委屈。"黑狗"汪汪"地叫起来，"汪汪"的叫声中满是感激。

此后，村里哪家弄了好吃的，都拉狗剩到家里吃个够。狗剩开初有点儿拘谨，村人说："尽量吃。你吃得多，我们心里还高兴。要知道，我们的命都是你爹给的，难道我们弄点好吃的给他儿子吃，不应该吗？"渐渐地，狗剩不再拘谨了，而是放开肚皮吃个够。狗剩海吃时，见

村里人的娃崽淌着口水望着他,就有点儿不好意思,但又想,我爹是为救你们死的,难道我吃点儿好吃的不应该吗?这样一想,狗剩就心安理得地大吃大喝。当然,狗剩到谁家吃饭时,都带着他的黑狗。黑狗自然同狗剩一样吃香的喝辣的。后来,一到吃饭的时候,狗剩就带着他的黑狗在村里转。黑狗的鼻子灵,谁家有好吃的,黑狗就往谁家里钻。

狗剩餐餐吃香的喝辣的,又总有新衣服穿,很让村里人的伢崽眼馋。他们想,自己的爹咋不做英雄呢?要不,自己也餐餐吃鱼吃肉,也长得同狗剩一样白白胖胖。而且还不要帮父母干活,整天带着狗到处玩,多带劲。他们也羡慕狗剩的黑狗,黑狗都比他们吃得好。

狗剩成了村里的孩子王。村里的伢崽都听狗剩的话,狗剩叫他们干啥就干啥。如谁不听狗剩的话,狗剩就打谁。狗剩打不赢,黑狗就帮忙。村里有的伢崽挨了狗剩的打,说给父母听,父亲不但不帮他,而且还骂他,有多大声骂多大的声。父母骂自家伢崽的声音,全村人都听得见。

黑狗也吃起村里人的小鸡来。活的小鸡自然比别的东西好吃。村里人不好对黑狗怎么样,因为黑狗是英雄的狗。如果为了几只小鸡对黑狗怎么样,村里会说自己没良心,黑狗再吃小鸡时,他们都睁一只眼闭一只眼。

狗剩到了18岁,再不满足吃喝了,狗剩开始对女人感兴趣起来。那天傍晚,花花在湖畔洗衣服,狗剩抱着花花,一双手在花花身上乱捏乱摸,花花吓得大呼救命。幸好,有两个打渔的人路过,狗剩便悻悻地住了手。

但一个月后,花花还是被狗剩按倒在身下。

花花哭着喊:"我要去告你。"狗剩说:"你去告吧,我是英雄的儿子我怕谁?"

花花的父母找到村长讨主意。村长说:"既然狗剩喜欢花花,就成全狗剩,让花花嫁给狗剩。"村长担心狗剩再做出这种丢人现眼的事。花花开初死活不同意,父母说:"你嫁给他,是你的福气,他是英雄的儿子。我们不能让村里人说我们忘恩负义,要知道没有他爹我们早死了。再说你如不嫁给他,可你的身子已被他脏了,今后谁要你?"村长又说:"花花,你嫁给他是委屈了点儿,但他爹可是救全村人死的,你就为村里做点儿牺

牲吧。我们不能让外村人取笑,瞧,还英雄的儿子,娶老婆都娶不到。那今后谁还当英雄?"

花花出嫁那天,哭得泪人样。村长说:"别哭了,哭得我心里也不好受。你放心,你既然成为英雄的儿媳,我们就不会扔下你不管的。我还是这话,有我们一口干的吃,决不让你喝稀的。"

可是没过多久,狗剩又出事了。狗剩看中了邻村的一个女人,找机会强行把那女人压在身下。女人去派出所告了狗剩,狗剩被抓走了。村长很是急,如狗剩在村里做了这种事,他可摆平。可强行睡了别村的女人,他村长就无能为力了。狗剩被判了五年刑。

狗剩的黑狗不知被哪个人毒死了。

村长很是气愤,查来查去,查不出谁是毒死黑狗的凶手。后来一个村里人说黑狗是傻二毒死的。傻二是个傻瓜,傻得拿粪缸里的屎吃。村长想想有理,就把傻二揍了一顿,并强迫傻二在狗六的坟前跪了一天。黑狗也葬在村里的树林里,狗的坟砌得很高。村长对村里人说:"我这样做是让别人看看我们是有恩必报的有情有义的人。"

后来,花花生了个儿子。村长去贺喜,村长抱着花花的儿子说:"小子,你是英雄的孙子,我们决不会让你受委屈的。要知道你爷爷可是为救全村人死的,没有你爷爷就没有我们,我们一定要让你过吃香喝辣的好日子。"村里人都附和村长的话:"我们都是知恩图报的有情有义的人。"村长走时,从口袋里掏出一个红包塞在花花手里:"这是1000块钱,你安心带好儿子。你有啥困难就向我说,我一定会解决。"花花啥话也不说,泪水却糊了满脸。

李大树告状

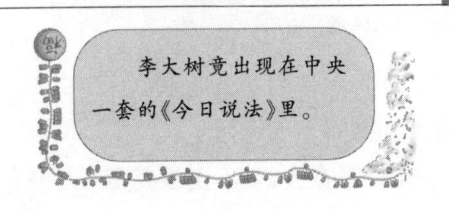

> 李大树竟出现在中央一套的《今日说法》里。

李大树混完了高中,回家务农了。但李大树从来没干过农活,连禾苗和稗草都分不清。李大树是个独生子,父母看得极重,油瓶倒了都不要他扶。父母原本指望李大树能考上大学,今后在城里工作,现在好,李大树不是抱着电视机不放,就是去外面同一些不三不四的人混在一起,几天几夜不回家。

父母要李大树重读高三,李大树说:"我重读十年也考不上大学。"父母要李大树下田地干活,李大树说:"你要我干田地活,还不如把我杀了。"父母拿李大树一点办法也没有。

李大树没钱花时,就偷村里的鸡卖。冬天就拿"三步倒"毒村人的狗,把狗卖给卖狗肉的。更恶劣的他还把村人猪栏里的猪赶走,便宜卖给杀猪佬。村人都知道这些事是李大树干的,但抓贼抓赃,没抓到证据,也不敢赖李大树,只有站在村头指桑骂槐骂一番出出气。李大树的母亲气得喝了农药,幸好发现得早,救活了。

父亲无奈地对李大树说:"兔子也不吃窝边草,你要

偷去别的村偷。"

李大树不好再在村里偷鸡摸狗了。他怕母亲再喝农药。李大树没钱用时,找个伴儿去别的村偷。

这天深夜两点,李大树同黄小根去了石桥村。白天,李大树已踩好了点儿。他发现一户人家的猪栏离他的住房有段距离,猪栏里有两头二三十斤重的猪。仔猪能卖好价钱。李大树进了猪栏,黄小根在外望风。李大树刚把一头猪装进麻袋,黄小根说了句:"来人啦。"拔腿就跑了。李大树扔下蛇皮袋也跑,但刚跑几步,就被抓住了。

"你叫什么名字?哪里人?"

李大树不说。

一个人搜李大树的口袋,搜到李大树的钱包。他拧亮了手电筒,从钱包里掏出一张照片,问:"这是你吧?"又拿电筒照了照李大树的脸,"嗯,是你。"他把照片放进口袋,又从钱包里拿出身份证:"哦,你叫李大树。"李大树不想他往下看,不想让他知道他是哪村的人。李大树的头往前猛然一撞,李大树的头撞到那人的鼻子。那人"哎哟"一声惨叫,放开了李大树。李大树从那人手里夺过自己的身份证和钱包,亡命地跑。那人拼命地追,抓住了李大树的衣领。李大树的衣服没扣,他双手往后一伸,那人抓衣服的劲太大,失去了重心,跌倒在地上。李大树逃掉了。

但李大树一万个想不到的是,那人竟把李大树的照片贴在村委会的黑板上,李大树的褂子也挂在黑板上。旁边写了两句话:"这就是昨天晚上偷我家猪的李大树。""这是李大树这个贼的衣服。"两句话下面还写上名字:石春生。

李大树找到黄小根,递给黄小根一个照相机,说:"你去拍几张照,把我的衣服、相片还有石春生写在黑板上的几句话,都拍下来。"黄小根问:"你拍照干吗?"李大树说:"我要同石春生打官司,我要告他侵犯我的名誉权,让他赔偿我的精神损失。"黄小根哈哈大笑起来:"哈哈哈,你说要同石春生打官司?小偷同抓小偷的人打官司,唉哟,我的肚子都快笑破了。"黄小根捂着肚子喊痛。李大树说:"别这么多费话,你按我说的去做就是。""好,我去拍。"黄小根拎着相机走了。李大树又喊:"你拍了,就去照相馆洗相片。相片若不清晰,再重拍。"

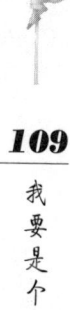

下午,黄小根拿了一叠相片递给李大树,李大树看了,说:"好,晚上你再去把我的相片,衣服拿来。我现在就去城里找律师。"

一个姓刘的律师对李大树的案子很感兴趣,他爽快地接下来。刘律师觉得他打这官司,一定会引起报纸、电视台等新闻媒体的关注,官司不论输赢,一定能在社会产生很大的反响。那他也会成为一个名律师。

果然,李大树告石春生的消息一传开,当地的报纸就报道了,接着电视台、省里的几家报社都派来记者。连中央台《今日说法》的记者都来了,石春生接到传票时,大吃一惊,贼竟然告抓贼的人,这么说他偷我的猪还有理了?

法院如期开庭了。

县人民法院判决:石春生向李大树赔礼道歉,并赔偿李大树2000块钱名誉损失费。

李大树竟打赢了官司。

李大树竟出现在中央一套的《今日说法》里。省里十几家新闻媒体客观地报道了李大树打官司的事。

李大树成了名人。省、市电视台都请李大树去做与法律有关的节目。

更让李大树想不到的是一家大公司竟以年薪10万元请李大树做公司的形象大使。李大树找到石春生说:"那2000块钱不要你给了。"石春生说:"你该拿2000块钱感激我。是我让你成了名人。"李大树爽快地说:"行。"

但李大树的父母在家喝农药死了。父母的死给了李大树当头一棒。后来李大树谢绝了所有新闻媒体的采访,也拒绝了做那家公司的形象大使。

李大树安葬好父母,拿了把镰刀下田割禾了。黄灿灿的稻谷已熟透了,李大树一动镰刀,就有许多稻谷掉在田里。李大树割稻的动作轻了许多。

第四辑

局长来家做客

杨叶的遭遇

> 南山村是他蹲点的村，村主任是他一手树起来的典型。

杨叶在村玩具厂干活。

玩具厂的厂长由村主任兼。

这些天，杨叶心里总惶惶不安的，有种要出事的预感。杨叶从村主任看她色迷迷的眼神里看出了危险。其时，村里的女人，不管是娶进来的媳妇，还是未出嫁的闺女，只要村主任看上的，没有人能逃出他的手掌心。

这天下午，杨叶正埋头踩着电机。忽儿有人在她背上拍了一下，一回头，竟是村主任。村主任说："你来我办公室，我有话跟你说。"村主任说着走了。

杨叶忐忑不安地进了村主任的办公室。

村主任站起来，关了门，还反锁了。杨叶的身子不由抖起来。村主任啥话也不说，抱起杨叶就往沙发上放。杨叶不住地挣，还喊："救命啊，救命啊。"村主任笑着说："你喊吧，他们都是聋子，听不见的。"

杨叶很快被村主任压在身下了。

村主任拿出1000块钱给杨叶："想不到你还是个处女。这钱你拿去，做个处女膜。"杨叶把钱撕了，扔在村

主任的脸上,说:"我要你坐牢。"村主任笑了:"那你去告吧。"杨叶一开门,门口站着几个人偷听。他们一见杨叶,忙散开了。

杨叶开初想到乡派出所,但想到乡派出所的所长是村主任的姨夫,就直接去了县公安局。

警车"呜呜"地叫着进了村。村主任被戴上手铐,押上警车了。

当天晚上,杨叶的屋顶就被人拿石头砸破了。一开门,门上全是粪。杨叶去了玩具厂,玩具厂却没开门。门口站着许多女工,她们一见杨叶,绷紧了脸,仿佛杨叶欠了他们的钱。杨叶心里很难受,她们中有许多人被村主任糟蹋过,可她们不但不感激为她们报仇的杨叶,反而恨她。杨叶想不通。"哼,如不是她,玩具厂会不开工?"有人在嘀咕。原来了为了这!杨叶苦笑了,玩具厂计件算工资的,她们少干一天,就少拿十几块钱。

玩具厂的副厂长来了,说:"你们都回家吧。村主任不回来,玩具厂就不开工。你们要怪就怪那个既想当淫妇又想立牌坊的女人吧。"副厂长是村主任的堂弟。

所有仇视的目光都落在杨叶脸上。

村里竹器厂、木器厂也停产了。这两个厂的副厂长,一个是村主任的侄子,一个是村主任的亲弟弟。

村里每家每户都有人在这三个厂里干活。这三个厂停产一天,他们就少一天的收入。因而他们都恨杨叶。

杨叶的父母也成了村里人的仇人。他们见了杨叶的父母,都冷着脸不搭理。杨叶的父母主动同他们打招呼,他们也一个个聋子样没听见。更让杨叶父母难受的是,他们去村杂货店买东西,店上竟不卖给他们。父母也怪杨叶不该报案,现在杨叶把全村的人得罪了,今后在村里咋呆下去。

正在这时,乡党委何书记来了。何书记对杨叶说:"你为了全村人的利益,明天一早就去县公安局,说你是自愿给村主任的。"

南山村里乱成这样,何书记很急。南山村是他蹲点的村,村主任是他一手树起来的典型。他当村主任的这几年,搞起了三个厂,村里的经济上去了,村子也成了全县最富裕的村。县委书记和县长号召全县的村干部向他这个村主任学习。如若村主任犯强奸罪,那县委书记和县长不是打自己的嘴巴?那不全怪罪他这个乡党委书记?那他的官也当到头了。

"要我说是自愿的,除非我死!"

何书记求援的目光落在杨叶父母的脸上:"求你们好好劝劝杨叶,劝她从大局考虑……如杨叶真这么固执……听说全村的人要把你们一家赶走,如真这样,那我也帮不了你们。"

杨叶的母亲扑通一声朝杨叶跪下了,哭着说:"妈跪下求你,我们斗不过人家……"

杨叶第二天一早就去了县公安局。

村主任也被放出来了。村主任说他不当村主任了。因而村里的三个厂仍没开工。

许多人求他别不当村主任。

村主任说:"想让我当村主任,让杨叶去我办公室求我吧。"

杨叶去了村主任办公室,随手关了门,并反锁了。杨叶啥话也不说,把衣服一件件脱了,脱得精光了,便躺在沙发上,说:"来呀,这回是我自愿给你的……"杨叶哽咽得讲不下去了,泪水也在眼眶里悠转,但杨叶咬着嘴唇,硬是忍着没让泪水掉下来。

地狱离天堂有多远

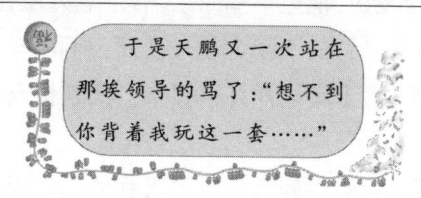

> 于是天鹏又一次站在那挨领导的骂了："想不到你背着我玩这一套……"

领导黑着脸训天鹏："想不到你背着我玩这一套，算我以前看错了人……"领导的话越来越难听，天鹏却被训得云里雾里，懵懵地不知道他哪个地方得罪了领导。他又不敢辩，领导最反感批评下属时，下属不服，还辩。

"唉，不说了，你走吧。"

天鹏灰着脸退出领导的办公室，他坐在椅子上吸闷烟，他实在想不出自己做错了什么。应该说天鹏是个好司机，他一直牢记领导说的话"不该看的不看，不该说的不说"。这几年，他还戒了酒，怕酒后失言。

这时，收发员老刘给天鹏递过来一张晚报："天鹏，这期彩票中奖号码出来了，你看看中奖了没有？"天鹏每个星期买张彩票，已买了几年，但从未中过三等以上的奖。以往，每期的彩票中奖号码出来了，天鹏就迫不及待地查看。这回，天鹏把报纸卷成一团，扔进垃圾篓里，没好气地说："看个屁。"

到了下班的时间。

天鹏走出单位的门时,一个头发乱得像鸟窝的年轻人哀求:"大哥,行行好,我已两天没吃东西了。"天鹏说:"两天没吃东西关我屁事?你饿死了更好。"

单位门口有个花店,天鹏买了一束鲜花,今天是老婆的生日。有个漂亮的女孩对天鹏说:"大哥,能否送我一枝红玫瑰?我忘记带钱了。"天鹏聋子样没听见。

天鹏把车开得飞快,他想早些回家。有个老人躺在地上,有人拦天鹏的车,天鹏绕过去了。后来,天鹏为超过前面一辆小车,车拐到左车道上,迎面来了辆大卡车,大卡车同样开得很快。天鹏忙刹车,来不及了,两辆车嘭地一声撞在一起了。

挡风玻璃破了,无数块碎片扎进了天鹏的头。天鹏死了。

死了的天鹏竟要被送进地狱,天鹏不服:"上帝,你为什么不让我进天堂?我这辈子没做过一件坏事。"

"你做过善事没有?"天鹏想不起来,摇摇头。

上帝说:"其实你有机会进天堂的,只是你错过了。好吧,我让你把那天重新再过一次。对了,那张公布彩票中奖号码的报纸,你一定要看。我要让你进地狱进得心服口服。"

于是天鹏又一次站在那挨领导的骂了:"想不到你背着我玩这一套……"

天鹏坐在椅子上吸烟时,收发员老刘给天鹏递过来一张晚报,"天鹏,这期彩票中奖号码出来了,你看看中奖了没有?"这回天鹏没把报纸揉成一团扔进垃圾篓,而是认真看起来。哈哈,我中一等奖了,天呀!500万!

到了下班时间。

天鹏走出单位的门时,一个头发乱得像鸟窝的年轻人哀求:"大哥,行行好,我已两天没吃东西了。"天鹏因中了500万,心情极好,他很爽快地掏出钱包,拣了一张最大的票子给年轻人:"好好吃一顿,上帝会保佑你的。"

天鹏买了一束鲜花,有个漂亮的女孩对天鹏说:"大哥,能否送我一枝红玫瑰?我忘记带钱了。"天鹏把怀里的一束花塞进女孩的手里,笑着说:"给。""大哥,这,这……"女孩极不好意思。天鹏笑着说:"谁叫你长得这么漂亮呢?"

天鹏把车开得飞快,见有个老人躺在地上,忙停了车,同一个路人把老人抱上车。天鹏的车风驰电掣往医院赶。在十字路口等绿灯时,路人对天鹏说:"他死了。"天鹏说:"先到医院再说,万一医生能救活呢?"

天鹏为超前面一辆小车,车拐到左车道上,迎面来了辆大卡车,两辆车嘭地一声撞在一起了。

天鹏死了。

"我还不明白,难道我这样做了,就该进天堂?要知道我救的是一个已死了的老人,毫无意义。"天鹏对上帝说。

"对,你如果这样做了,就会升天堂。你开初拒绝那个年轻人的求援,还骂了他。那个年轻人对生活失去了信心,自杀了,而他乡下的母亲听到这消息时,心脏病发作,也死了。那年轻人的父亲将过着孤苦伶仃的日子。开初你如果像这次给了那年轻人钱,他会自杀吗?他不自杀,他的母亲会死吗?还有,你这回给了那个女孩鲜花,那女孩因误会了她男朋友,他男朋友很痛苦地喝酒。女孩想买枝花送给男朋友,以示歉意。后来,他男朋友喝醉了酒,用酒瓶把一个人砸成重伤,他将被判两年徒刑。男孩的父母及亲戚好友都将过得极不快乐。如果你上回像这回送了一束花给她……"

"好吧,我服。原来地狱离天堂这么近,就一步之遥。唉,我明白得太晚了。"

两个牛头马面的恶鬼走过来拉着天鹏进了地狱。

你是一只老鼠

> 钱是睡前放的，一个晚上就没了。可房门是锁的，又有防盗门，外人进不来。

村长年龄大了，要退下来。小林想当村长。小林高中毕业，脑瓜子活，有许多致富的道。小林找过村长，村长说，我力荐你当村长。我老了，不中用，盼你当上了村长后，村里能富起来。

可哪知村长向乡里推荐的却是蛋子。蛋子手头活，总送烟酒给村长。小林脑子开了窍，但小林没啥闲钱，就唉声叹气的。饭也吃得没点儿味，睡觉也不踏实。

此时，传来老鼠吱吱的叫声。小林开了灯，老鼠夹夹住了一只老鼠。小林把老鼠关在笼子里。小林总找好东西给老鼠吃，老鼠养得胖胖的。同老鼠熟了，就开了笼，老鼠不跑，围着小林的脚转。

小林教老鼠认钱。

老鼠学会了认钱，小林就把钱藏在抽屉里，枕头底下，木匣子里，然后让老鼠找，老鼠找到了，小林就拿块肉奖赏老鼠。后来不管小林把钱放在哪里，老鼠都能找到。

小林说，老鼠，你现在去村长家找钱。找到了，就衔

来给我。

老鼠没反应。

小林知道老鼠不愿意,就说,你这是给全村人做好事。你衔了钱给我,我就可当上村长。我当了村长,就设法让村里富起来。村里富了,你们的日子也好过。餐餐有好的吃。再说村长不为村里办事,只为自己富,他那钱来路不明,属非法所得。你该为村里做件好事。

老鼠吱吱欢叫几声,跑了。

不一会儿,老鼠就衔来五张100元的钱。小林极高兴。第二天一早,就提了一包东西上村长家。村长见了小林沉甸甸的包,极高兴,忙招呼小林坐,又倒茶。小林说,村长,我想……我不会让你失望。村长说,我会考虑。

小林知道村长打官腔。但小林不气馁,老鼠又去村长家二次,每次收获挺大。小林又提着包上了几次村长家。

后来,小林如愿当上村长了。

小林办了个竹器厂。村后满山的竹子用不完。竹器厂编的竹椅、竹床等在城里极受欢迎,村里很快富起来了。小林的土坯屋也被扒掉了,盖了幢三层的小洋楼,比老村长的房子更气派。

可这天,小林见他放在抽屉里的1万块钱不见了。钱是睡前放的,一个晚上就没了。可房门是锁的,又有防盗门,外人进不来。后来小林发现大门上有个小口,地上有许多木屑,心里一惊,钱无疑是被老鼠衔走了。

睡觉时,小林故意把钱放在枕头底下,装睡。感觉到老鼠爬到枕头边,小林就一把抓住了,手也被老鼠咬了一块肉,血淋淋的。小林开了灯,把老鼠关进笼子。一看,小林呆了,竟是自己训练偷老村长钱的那只老鼠。小林问,你把我的钱偷到哪儿去了?

老鼠说,给了最需要钱的人。

你为啥偷我的钱?

你的钱也是偷来的。

扯淡!小林气得脸红脖子粗,身子也抖起来。

按你的正当收入,你能住得起这么好的房子?能每餐上酒店?能隔三差五去"桑拿"?

此时传来门铃声,小林不理,可门铃响个不停。谁这么晚来串门?小林开了门,是村里的鸟蛋。鸟蛋父亲病瘫在床几年,有了点儿钱就扔进药罐里,吃了上顿愁下顿。小林没好气地问,这么晚你干吗?鸟蛋说,村长,昨晚一只老鼠衔了1万块钱给我,说是偷了你的。我不敢用你的钱,就送来了。小林接过钱,问,还有啥事?我想进竹器厂,鸟蛋讷讷地说。行,你明天就来上班。鸟蛋欢欢喜喜地走了。

小林拿了1万块钱,得意地对老鼠说,怎么样?钱还不是送来了。白白辛苦了一场吧?老鼠伤心地呜咽起来。小林咬牙切齿地骂,你这吃里爬外的老鼠竟背叛我,我让你不得好死。老鼠说,其实你才是真正的老鼠。

小林在老鼠身上浇了煤油,点了火。不一会儿,老鼠就死了。

小林心满意足地睡了,可一觉醒来,傻了,小林从镜子里看见床上躺着一只硕鼠。低头看自己,竟满身的鼠毛,屁股上还长了一条尾巴。小林惊叫,我怎么变成一只老鼠了。

花开花落

> 她劝刘局长，说："医生说你这病有希望治好！你可别灰心，要坚强些。"

刘局长进医院的当天，就有许多人捧着花，提着补品来探望。刘局长的病房里摆满了康乃馨、满天星、红玫瑰、水仙、紫罗兰等鲜花，刘局长的病房也成了个花店。花再没地方摆，可仍有许多人送花。

一见捧着一束鲜花的人或者提着花篮的人，刘局长就说："下回看我空手来就行，瞧这花往哪儿放？"刘局长说这话时，一脸自豪的笑，毫不掩饰他心里的高兴。

来看刘局长的人都极会说话："这么多人来看您，说明您深得人心，群众敬重您爱戴您拥护您，盼您早日康复上班，局里可是一天也离不开您。"这话甜得刘局长笑得更欢了。

有领导拿着花来看刘局长，刘局长下了床，双手接过花，放在床头柜上的花瓶里，把原来插在花瓶的鲜花取下，往窗外扔了。刘局长很歉意地对领导说："一点儿办法也没有，他们都捧着花来看我，我要他们别来，他们就是不听。瞧这些花都摆不下了。"

领导说："他们送花，就是想您早日康复，早日上

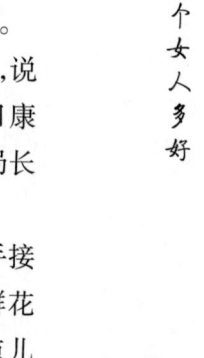

班。"领导说的话也是好话,刘局长脸上的笑比鲜花还灿烂。刘局长说:"我的病也好得差不多了,我过两天就上班,局里许多事耽搁不得。"

可两天后,刘局长没能出院,病加重了。送花的人还是很多,送的花病房里摆不下,刘局长的老婆就送医生送护士。来探望的人都很关心刘局长得了啥病,刘局长也摇头,说,诊断结果还没出来。

诊断结果出来后,刘局长老婆的眼泪就掉下来了。医生叮嘱道:"你可不能让刘局长知道他得了绝症,这对治他的病不利,治这病,主要的是病人要有信心,病人要持乐观态度。"刘局长的老婆不住地点头。

可是再没人来看刘局长了。

花都枯萎了,刘局长的老婆怕他见了枯花伤感,全扔进垃圾堆里了。

刘局长自语:"怎么回事?这么多天,怎么没一个人来看我?"刘局长的老婆就安慰他:"人家都忙,再说都来看过您了。"她说这话时,眼里酸涩涩地发胀,她忙低下头,可眼泪还是掉在被褥上。刘局长见了,就一把抓住她的双肩,喊:"难道我得了癌?"她忙说:"没,没有。你别多想。"可她一脸的泪水证实了刘局长的猜想,刘局长松开她,颓然地躺在床上,深深地叹口气,骂:"这些狗日的势利眼。"

她劝刘局长,说:"医生说你这病有希望治好!你可别灰心,要坚强些。"

刘局长一脸灰色,再不出声了,眼里汪着两眶饱饱的泪。

刘局长的病越来越重,看样子刘局长不行了。

这天,刘局长正睡得昏昏沉沉的,听见有人叫他,一睁眼,是张祥。刘局长又见到张祥怀里的一大束红的白的紫的兰的鲜花,刘局长的目光就牢牢定格在那些鲜艳得有点晃眼的花上,刘局长的眼里湿漉漉的。

张祥说:"局长,我出差刚回来,才听我爱人说您病了,我即赶来看您了。"刘局长抓住张祥的手,抓得很紧。张祥说:"局长,我明天一早就要去北京,局长,您多保重。"

深夜,刘局长睡不着。夜极静,刘局长忽儿听到一种他从没听到过的极美妙的声音。刘局长一睁眼,啊,一朵含苞的玫瑰,正悄悄绽放。刘局长的心幸福地战栗着,他听到花开的声音了,想不到花开的声音竟这么美妙。刘局长激动得踢醒了妻子。刘局长说:"听,花开了。"可刘局长的妻子没听到花开的声音,但她看到满脸红光的刘局长,心里也极高兴。

第二天,一位女孩给刘局长送来一束花。刘局长问:"你是——"那女孩说:"我是春天花店的。这花是一位叫张祥的先生叫送的。他让我们花店每天送束花给您,直到您恢复健康。"

每天夜深人静时,刘局长就听花开的声音。那一刻,刘局长极激动,他全身心沉醉在那一刻。

刘局长的病有好转后,看他的人又越来越多了。他们送来的花,刘局长再懒得看一眼了,他们人一走,他们送的花就被刘局长扔在垃圾堆里。刘局长房里只摆着张祥送的一束花。

刘局长出院后,张祥当上局办公室主任了。

人们都很眼馋张祥,问张祥:"局长得癌症后,你咋还给他送花?你就知道刘局长的癌能治好?"张祥笑而不答。可一次张祥同一哥们儿喝醉酒后说了真话:"我送花给刘局长时,鬼知道他得了癌!他若得了癌,龟孙子才给他送花。真感谢领导派我出差,要不,好事也临不到我头上。"好在张祥只对一哥们儿说了这酒话。因而当刘局长升为副市长时,张祥就理所当然成为张局长了。

替　身

> 方磊有了替身，工作上轻松了很多。

昆仑实业有限公司的总经理方磊这几天忙得连睡觉的时间都没有。方磊一脸的憔悴，眼里布满血丝，眼肿得核桃一样，脸色也纸一样煞白。妻子刘毓很是心疼。刘毓说："方磊，你可物色一个替身。一些非要你到场，但又无多大意义的事，你可让替身去做。"

"这是个好办法。"

方磊一进办公室，按电铃叫来了王秘书："你帮我物色一个替身，替身的相貌、声音都要像我。我的一些习惯动作、爱好，今后让替身慢慢学，记住无论花多大的代价都要帮我找一个替身。"

王秘书出去后，方磊靠在椅背上想休息一会儿，方磊刚闭上眼，桌上的电话响了，方磊拿起话筒，第二部电话又响了，方磊一只手拿着一个话筒。此时，门铃响了，第三部电话也响了。

方磊的耳畔满是电话的铃声。

方磊极怕电话的铃声，一听见电话的铃声，心就痛得痉挛成一团。而此时，整个屋里都是丁零零的声音，

这声音愈来愈大,方磊感觉到耳膜都似快震破。方磊的心里乱糟糟的,似塞满成百上千个乱线团,方磊再控制不住自己的情绪了,方磊对着话筒大声吼起来:"你他妈的让我安静一下好不好?"

如再这样下去,方磊想自己一定会发疯的。

方磊极迫切地想找一个替身。

几天后,王秘书终于找来一个替身。方磊同替身站在一起,连王秘书都分不出哪个人是方总,哪个人是方总的替身。更让方磊惊奇的是替身的声音都同他的声音一模一样。方磊对这个替身很满意。

方磊有了替身,工作上轻松了很多,像一些开会赴饭局等应酬的事,方磊都让替身代他去了。后来方磊贪图轻松,工作上的事也让替身去做了。让方磊欣慰的是,替身对公司里的几项决策同他想的不谋而合。替身的权力也越来越大。替身便解聘了王秘书,重新招聘了位姓张的女秘书。

后来方磊图轻松,便把公司所有的事都让替身管。

好在替身精力充沛,工作再忙,替身也不感到累。公司在方磊替身的管理下,效益极好,利润比去年翻了一番。

可是替身并不想永远做替身,替身想真正成为公司的总经理。于是在一天晚上,替身进了方磊的家。替身对方磊说:"我不想永远做你的替身。"

方磊说:"那你想做啥?"

"我要取代你。"替身恶狠狠地说。

"你是想让我从这个世界上永远消失?"

替身点了下头。

"你杀了我,那你也取代不了我。你也会死的,我妻子刘毓会去公安局告你。别人认不出你是我的替身,可我的妻子认得。"

替身便喊:"毓,毓。"刘毓便从卧室里出来了。替身问刘毓:"我如把方总杀死了,你会告我吗?"刘毓偎在替身的怀里说:"怎么会呢?你才是我真正爱的男人。"

原来替身同刘毓早瞒着方磊好上了。

方磊气得浑身抖起来:"你们这对狗男女,我……"方磊的话没说完,替身的匕首便扎进了方磊的心脏。

替身便哈哈大笑:"我成了真正的方磊了。"

但几年后,替身的精力大不如从前了,一些无意义的但必须又得应酬的事让替身感到极度的疲惫。替身便想找个替身。

刘毓坚决反对:"你想步方磊的后尘?"

替身说:"我才不会那么傻,我只是把一些没意义的应酬让替身代我去做,公司里的事我不会让他沾手。"

"方磊找替身时也是这样说,可后来他贪图轻松,变得越来越懒了……"

刘毓的话,替身一个字也听不进了。

替身便按电铃叫来张秘书:"你帮我物色一个替身……"

两 条 狼 狗

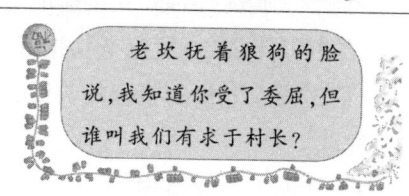

> 老坎抚着狼狗的脸说,我知道你受了委屈,但谁叫我们有求于村长?

　　老坎的花狼狗总被村长的黑狼狗咬得遍体鳞伤。花狼狗落荒而逃后,黑狼狗便伸长脖子,对着天空汪汪地叫,黑狼狗高亢雄壮的欢叫声落满村里的沟沟壑壑。

　　村长听了黑狼狗的欢叫,知道黑狼狗又打了个漂亮的胜仗,几丝满意的笑便在村长的脸上跳跃不停,可老坎的脸成了苦瓜脸,他狠狠地猛吸口烟,随后,浓重而无奈的叹息和着烟雾一圈圈从嘴里喷出来。

　　片刻,花狼狗呜呜地叫着一跛一跛地来了,狗的脸上掉了块肉,骨头都露出来了。老坎的心痛得痉挛成一团,泪水也涌出了眼眶。老坎忙拿盐水给狗清洗伤口。老坎的女人说,还是把这条狗送人,省得它三天两头遭罪。老坎却舍不得把狼狗送人。这条狗曾救过他一条命。他以前在林场当护林员。一回在林里巡逻时,遇到了一只狼,幸好花狼狗拼死相救,才把狼打跑了。前两年,老坎被林场减员增效减下来了。林场领导问老坎有啥要求,老坎说,我想把花狼狗带走。林场领导一口答应了。老坎每月只拿100多块钱的基本生活费,可老坎

要养活一家人。老坎便求村长分他一点儿田地。村长很爽快分给了老坎四亩田地。尽管那四亩田地都是村人不愿种的,那些田地易涝又易旱,还贫瘠。但老坎很是感激村长。有了这四亩田地,老坎就能养活一家人。

老坎没想到他的狼狗总是同村长的狼狗打架,而且村长的狼狗身上每回都挂彩。村长便不高兴了,村长便对老坎说,老坎,村人对我把那些田地让给你种,意见很大。我的工作很难做。老坎慌了,忙朝村长堆起一脸谦卑的笑,村长,你可千万别收回田地。我全家的吃喝拉撒都在那四亩田地上。老坎的女人忙给村长下面条。后来老坎把好话说尽了,村长才说回去研究研究。村长出门时摸着老坎的狼狗的头说,你的狼狗好厉害,总把我的狼狗咬得体无完肤。

村长走后,老坎狠狠教训了一顿狼狗。

后来,花狼狗同黑狼狗打架时,如打赢了,必定遭到老坎一顿毒打。花狼狗起初很纳闷。再同黑狼狗打架,它佯装败了,想不到老坎竟奖赏了它几块肉。花狼狗这才恍然大悟,原来主人只想它打架打输。花狼狗再同黑狼狗撕咬时,花狼狗便很少还嘴,因而每回都得受点皮肉之苦。花狼狗见了黑狼狗总躲,黑狼狗便以为花狼狗不是它的对手,见了花狼狗就往死里咬。花狼狗只有一忍再忍。

花狼狗对老坎呜呜地诉说着自己的委屈。老坎抚着狼狗的脸说,我知道你受了委屈,但谁叫我们有求于村长?人在屋檐下,不得不低头,只是苦了你。老坎说这话时,蓄在眼眶里的泪水流下来了。

但让老坎震惊的是村长的狼狗第二天竟被人毒死了。

村长黑着脸说,如若我查出谁毒死了我的狗,我决饶不了他。村长说这话时,那闪着刀刃似寒光的目光在老坎脸上落了落,便移开了。老坎低了脸,浑身激灵灵地打了个寒战。村长准以为他的黑狼狗咬了老坎的花狼狗,老坎记恨在心,便对村长的狼狗下毒手了。老坎心里说,村长,我真的没毒死你的狼狗。准是你的狼狗时时吃村人的鸡,哪个人气不过,就对你的狼狗下毒了。

晚上,老坎躺在床上翻来覆去半宿,还不时叹气。女人也被吵得睡不着,女人说,我们没毒死村长的狗,怕啥?老坎说,可是村长以为我们毒死了他的狗。女人说,你给村长说他的狗不是我们毒死的。老坎又叹气,可

村长不相信。但第二天一早,老坎就去了村长家,村长还没起床,老坎站在村长的床前说,村长,你可千万别怀疑我毒死了你的狗,我可对天发誓,我如毒死了你的狗,那我全家都让雷打死。村长一般早晨要睡个好觉,可睡意被老坎弄没了。而且一清早,老坎又说这霉气的话。村长很不高兴,老坎,你回家吧。我的狗是谁毒死的,我心里清楚。村长说着转过身,给老坎一个冰冷的脊背。老坎的腿一软,扑通一声,老坎朝村长跪下了,村长,我真的没毒死你的狗,我哪有那么大的胆?村长掀开被子坐起来,大吼,老坎,你还有没有完?我又没说你毒死了我的狗?老坎竟哭起来,村长,你一定要相信我,……你如不相信我,那我就一直跪着……

老坎从村长家出来时,心里极清楚,村长还怀疑他毒死了黑狼狗,怎样才能让村长相信他没毒死了黑狼狗呢?此时,花狼狗朝老坎亲昵地唤一声,老坎阴暗的心里一下亮了,难怪村长怀疑他,村长的狼狗怎么被人毒死了,而他老坎的狼狗为啥没人毒死呢?老坎便对狼狗说,狼狗,真对不起你了。老坎说这话时,泪水又掉下来了。

老坎把放有老鼠药的肉包子扔给狼狗时,狼狗嗅出了异味竟不吃。老坎便把肉包子放在手上说,还是吃了吧?其实我也舍不得你离开我,可是为了消除村长的误会,我不得不这样。我欠你的恩情,下辈子你变人,我变狗来还你……老坎哽咽得说不下去。狼狗的眼里汪着泪,狼狗呜呜地呜咽两声,眼一闭,一口吃掉了老坎手里的肉包子。狼狗蓄在眼眶里的泪水也滚落下来了。老坎的心刀剜样痛。老坎紧紧搂住狼狗的脖颈,哽咽着说,我对不起你,你心里准恨我,你狠狠地咬我一口吧,我不是人……狗的身子很快变冷变硬了,老坎便嚎啕大哭起来,这是哪个千刀万剐的毒死了我的狼狗……

村长也被老坎的哭声引来了。老坎见村长来了,哭得更凶了。村长劝老坎,狗死了就死了,哭不活的。老坎抬起满是泪水的脸,我这狗可救过我一次命。我们不知道得罪了谁?他竟毒死我们的狗。村长出门时对老坎说,村里还多了两亩水田,不知你还想不想种?老坎忙说,种,我当然想种。

局长来家做客

> 舍不得羊套不到狼。你请周局长来我们家，我请个好厨师来。

局里的曹副局长退下来了，许多的人都盯着这空出的位置。局办公室何主任也极想成为何副局长。何主任若想成为何副局长，那先得通过周局长这关。周局长向上面推荐谁，谁就有希望成为副局长。可周局长这人不爱财，对吃倒感兴趣，却又不愿上酒店，说上酒店太张扬，影响不好。因而许多人都请周局长去家里喝酒。周局长最大的爱好是看上了好看的女人，眼珠都要掉下来了。但周局长对歌舞厅按摩城小姐不感兴趣，周局长怕传染性病，也怕被警察抓到。

何主任同妻子杨洁商量。杨洁说："舍不得羊套不到狼。你请周局长来我们家，我请个好厨师来。至于周局长喜欢美女作陪，我叫我妹妹来陪就是。""这太好了，要知道姓周的可并不满足于陪酒，他一喝多了酒，手嘴就不听使唤。手嘴倒好对付，要让姓周的尽兴，那得让他那个。""那个就那个。我妹妹杨纯啥没经历过？她反正离了婚，这回刚下岗，她把周局长服侍舒服了，你如当上了副局长，给她安排个好工作就行了。""让杨纯那样，

我心里不忍。"

"你是不是吃醋?这么漂亮的小姨子,我都没上手,却让姓周的得手了,这心里真不是味,酸酸的。""好了,那我明天就去请姓周的。"

第二天上班时,何主任瞅空向周局长一说,周局长笑着答应了:"行,我晚上7点准时到你家。"

周局长一进何主任的家,菜就摆上桌了。菜很丰富,有天上飞的斑鸠,有水里游的中华鲟,有山上跑的野兔,有地上爬的刺猬。菜的颜色有黄有紫,有红有绿,有黑有白,屋里弥漫着一股香味。周局长说:"真香。"何主任说:"周局长,坐,坐上座。"何主任指着杨纯说:"这是我儿子的小姨,因我不太会喝酒,让我小姨子陪你。"

周局长的目光先是停在杨纯的脸上,然后下滑,落在杨纯饱满的胸脯上,又下滑……周局长的目光就一直黏在杨纯那个呈倒三角形的顶角上。杨纯穿条紧身的健美裤,那地方很诱惑地鼓着。杨纯被瞧得不好意思,脸都红了。

何主任说:"周局长,来,我敬您一杯,感谢周局长这么多年对我的提携和关照。这杯,我干了,周局长随意。"

杨纯也举起杯:"我也敬周局长一杯,希望我姐夫今后能一如既往地得到您的提携。"满满一杯酒,杨纯一口干了。

周局长说:"爽快,我这杯,也干了。""来,周局长,吃菜,吃菜。"

杨纯又站起来敬周局长的酒。周局长又要一口干,何主任拦住了:"周局长,您慢慢来,别喝得那么急,喝醉了不好。""喝醉了有啥不好?人生难得几回醉?喝酒就要喝个尽兴。喝醉了,就在你客厅里的沙发上睡。""周局长喝醉了,就睡客房。我只是担心周局长喝醉了,酒伤身体。"何主任说,"周局长,别只喝酒,吃菜呀。"周局长说:"我一个人喝醉没意思。"杨洁朝杨纯使了一下眼色,杨纯说:"我陪周局长喝醉就是。""好。"周局长又举起杯,"有你这句话就好,来,我们干了。"

杨洁担心周局长马上喝醉,又朝何主任使眼色。何主任说:"周局长,曹副局长退下来了,我很想做周局长的左肩右臂,只是怕能力有限……"周局长说:"我早有这意思。只是刘副局长极力推荐张科长,刘副局长说你工作能力差,说你不团结同志……"周局长同刘副局长一直

不和。刘副局长在何主任面前也说过周局长,说他这不行那不行的,这就是领导艺术。一把手大多不想单位里的人团结一致,领导希望手下的人都有这样或那样的小矛盾,然后他出面来调解这些矛盾,这样他领导的权威也就竖起来了。何主任说:"刘副局长说我这不行那不行,还不是看我是您的人。""那倒也是。小何,你放心,你的事包在我身上。杨纯,来喝酒,你说过陪我喝醉的。"何主任也举起杯:"周局长,我平时尽管不喝酒,但听了您的这句话,我今天喝死了也不悔。周局长是讲义气的人,跟着您干不会错。"

"你儿子呢?"周局长问。"去他外婆家了。"何主任怕儿子在家会说出一些不该说的话,下午就送外婆家去了。

一瓶"茅台"酒喝完了,何主任又要开酒。周局长说:"不……不能……喝,我……醉了……""行,听周局长的,就不喝,让杨纯扶您去客房休息一下。"

杨纯挽着周局长进了房,房门"砰"地关上了。房里就传来周局长哧儿哧儿的喘气声,就像一头刚耕完三亩田的牛喘气样。何主任的脸痉挛成一团,嘴里骂:"狗日的。"

两个小时后,周局长从房里出来了。周局长对何主任说:"我得走了。过两天,我再来,让杨洁陪我喝酒。"何主任嘴里想说欢迎周局长来,可吐出嘴的话却是:"滚你妈的蛋。你下回再进我的屋,我打断你的腿。"杨洁忙向周局长赔不是:"您大人不记小人过,他喝多了。""谁喝多了?我不想当那个破副局长就是。"杨洁说:"你不想当副局长,那为啥请姓周的来喝酒,这桌酒花掉了 2000 块,而且我妹妹还让姓周的睡了。难道这酒让姓周的白喝的?我妹妹让姓周的白睡了?""你自己喝醉了酒。姓周的,你还不快滚?"何主任关上门。"你们都喝醉了。"蓬乱着头发的杨纯出了房门,"我不会白被姓周的睡的,明天我就找他去。"

该死的鸟笼

> 哼,玩物丧志?其实他们都是没有爱心的人,没有爱心的人怎么能当好官?

这天章志诚看完了一篇《鸟笼》的小说,《鸟笼》讲的是一个人喜欢上一只漂亮的鸟笼,他把鸟笼挂在阳台上。许多朋友见他家挂着一只空鸟笼,都很奇怪,都问:"你的鸟什么时候死了?怎么死的?"他说:"我从没养过鸟。""你不养鸟,挂只空鸟笼干吗?"朋友都奇怪地看着他,朋友那种眼神让他心里发毛。朋友说:"你这个人也太缺少爱心啦。要不,你不把我当朋友,不讲真话。这鸟笼肯定是你的一位红颜知己送的,这鸟笼里以前养过两只鸳鸯……"他被问得不厌其烦,说话也没好语气了:"你们的想像力是不是太丰富了?我只喜欢这只漂亮的鸟笼,买了就挂上。""那应该养只鸟。"他却不喜欢养鸟,养鸟太麻烦。可是后来,朋友们都疏远了他。他失去了所有的朋友。

章志诚看完这篇小说陷入沉思,如果黄品家挂了只空鸟笼,如果喜欢养鸟的局长看见了那只空鸟笼,那么局长会怎么看他?局长是不是也认为他是个缺少爱心的人?局长对他一有看法,那么科长的位置不就是我的

吗?章志诚这样一想,便去了鸟笼市场,花100块钱买了一只漂亮的鸟笼。章志诚掏100元钱时有点儿心疼,但想到他能当上科长,就毫不犹豫地拿出100元钱。章志诚拎鸟笼回家时,章志诚的妻子感到奇怪:"你想养鸟呀。"章成诚说:"我哪有闲心养鸟?""不养鸟买鸟笼干吗?"章志诚把自己的阴谋告诉了妻子,妻子就笑了:"你这人真鬼。"但章诚不敢拎着鸟笼去黄品家,他如送鸟笼给黄品,黄品准会想他送鸟笼的意图,那样他的阴谋计划就得破产。

这时,章志诚的儿子说:"爸,我能把这只鸟笼送给黄品叔叔。我同他儿子是同学。"章志诚说:"你同他是同学,也不能直接送给他。到时黄品一问,得知这鸟笼是我儿子送他的,他不会多想?""我当然不直接送他,爸放心,这个我自然有办法。"

不知道章志诚的儿子用了什么办法送鸟笼,总之这只漂亮的鸟笼挂在黄品家的阳台上。黄品家的阳台与客厅没隔开,一进客厅,就能看见那只鸟笼。开初黄品不想把那只鸟笼挂在阳台上,可是黄品的儿子极喜欢那只鸟笼,执着要挂,黄品只有依了儿子。

黄品的亲朋好友只要一进黄品家,就会问:"黄品,你的鸟死了?怎么死的?"

黄品说:"我从没养过鸟。"

"你不养鸟挂只空鸟笼干吗?"亲朋好友看他的眼神便怪怪的。

黄品便想取下那只鸟笼。儿子仍不肯:"我同我的一位同学打了赌,他说我的鸟笼如能在阳台上挂上半年,他就输给我一套《金庸全集》。""可是这只空鸟笼挂在阳台上不是个办法。"儿子说:"那我们就养只鸟。"黄品说:"我哪有时间养鸟?""爸什么也不要管,养鸟的事全归我了。"黄品便同意了。

第二天,黄品的儿子便买来一只画眉。

开初几天,画眉闷声不乐的。后来画眉开始啾啾地叫了,画眉的叫声很美,黄品听了,有种置身大自然的感觉,觉得心旷神怡。黄品也逐渐喜欢上画眉了,也喜欢给画眉喂食啦。

局长来黄品家时,黄品正给画眉喂食。局长见了黄品笼子里的画眉,很高兴:"黄品,原来你也喜欢养鸟,我以前怎么不知道?"黄品说:"我养鸟不敢声张,怕别人说我爱好局长一样的爱好,说我想同局长套近乎。另外,局里有些人说我玩物丧志。这样,我只有偷偷地养鸟。"局长说:"哼,玩物丧志?其实他们都是没有爱心的人,没有爱心的人怎么能当好官?"黄品接上局长的话:"没有爱心的人不但当不好官,连本职工作都干不好。"两人越说越投机。不知不觉已到了11点半了。黄品要请局长去饭馆吃饭,局长说:"你让你爱人随便弄几个菜就行。"

　　局长酒足饭饱后,对黄品说:"你明天去我家,看看我养的几只鸟。"黄品满口应允下来。

　　没多久,黄品当上科长了。

　　章志诚气得把那本《鸟笼》的小说撕了粉碎,边撕边骂:"该死的鸟笼!该死的鸟笼!"

给老婆找个情人

> 一个月过去了,宋副主任连许局长老婆的手都没摸到。

许局长现在极其迫切想给老婆找个情人。做了几年许局长情人的雪琴不想再同他偷偷摸摸的好,她想光明正大地同许局长好。其实,雪琴一开始就有这想法,许局长以前总找借口搪塞过去了。许局长很想维持这种家里红旗不倒,外面彩旗飘飘的现状。可是现在雪琴给许局长下了最后通牒,半年后你再没离婚,那就别怪我不客气。雪琴这句话让许局长很害怕,雪琴掌握了他太多违法犯罪的证据。不说别的,就说他为雪琴买的这别墅就花了100多万。若靠他的工资,不吃不喝三十年都不能买下这别墅。雪琴又是个说到做到的女人。这几年,雪琴为他上了三趟医院。医生对雪琴说,你再不能打胎了,要不你会永远失去做母亲的资格。医生这句话对雪琴的触动很大,这也使雪琴极其迫切想成为许局长的老婆。

"这事不能急,得慢慢来。若我老婆执意不肯离,去市委那儿闹,不但使我仕途受影响,而且会抖出我做的那些龌龊事。这对你对我都没好处。"许局长低声下气的劝雪琴。

"那你说怎么办?"雪琴仍噘着嘴。

"办法我倒是有,你想想,如她有个情人,而我掌握了她偷情的证据,那我同她离婚不就有光明正大的理由?她不会不答应,也没脸闹。"

雪琴转怒为喜:"那你快给她找个情人。"

"我担心她不会上钩,她是保守的女人,而且心里只有我。"许局长说着又叹了口气。

许局长这话又让雪琴不高兴了:"她心里只有你,那你还找我干吗?"

"瞧你的嘴噘得能挂一只水桶。"许局长笑着亲了一下雪琴的嘴唇,"好,我现在就给我老婆找情人去。"

思来想去,许局长觉得局办公室的宋副主任合适。宋副主任是他从一个普通的科员直接提上来的,对他这个局长忠心耿耿的,什么事都听他的。而且宋副主任极想把副字去掉,去掉副字还不是他一句话。宋副主任有事求他,办事自然肯出力,效率自然高。更主要的是宋副主任长着一张惹女人喜爱的小白脸,还能说会道,会揣摸女人的心思。宋副主任曾说,只要他看上的女人,没有一个能逃脱他的手心。

许局长打电话把宋副主任叫来了。宋副主任说:"许局长找我有事?"

"把门关了,锁上。"

宋副主任关了门,且反锁了,许局长示意宋副主任坐,宋副主任听话地坐下了,许局长说:"宋副主任想不想把副字去掉?"

宋副主任激动得站起来说:"想,想,做梦都想。"

"那好,你给我办件事,事办成了,你这副字马上去掉。"

"我决不会让许局长失望。"

"那好,限你两个月之内把我老婆弄上床,并且留下你们相好的证据,比如两人在一起的亲昵照片,她写给你的情书什么的。"

宋副主任连连摇头:"不,不,这事我不敢。"

"你有什么不敢的?是我让你做的。"许局长把让他做这事的缘由讲了。宋副主任才答应了:"那我试试。"

"不是试试,是一定要办成。"

隔几天,许局长就问宋副主任进展程度,但宋副主任每次说的话都让许局长失望:"她心里只有你,对别的男人一概没兴趣。她对我很冷淡,

话都懒得同我说。"

一个月过去了，宋副主任连许局长老婆的手都没摸到。宋副主任几次约她去舞厅跳舞，她都拒绝了。

"你以前不是夸海口，说没哪个女人能逃脱你的手心吗？"许局长极失望。

"这回我认输了。不过许局长也别失望，女人都有个弱点，都喜欢怀旧，对以前的恋人念念不忘，如嫂子以前谈过恋爱，不妨把她以前的恋人找来试试，嫂子可能会旧情萌发。"

"嗯，你这话有道理。对了，她以前暗恋过一位高中同学，叫什么来着？对了，叫董炎，好像在市文化馆搞摄影。这事你去办，事成之后，可给他10万。"

"那我现在就去文化馆。"

第二天一上班，宋副主任就笑着对许局长说："董炎答应了。这事十有九能成，因董炎这小子离婚已两年了，他也正想着嫂子，一谈起嫂子，他的眼珠子就变得贼亮。"

半个月后，许局长的老婆拿出一张离婚协议书说："我们离婚吧。"许局长长长地吁了口气，她爱上董炎了。可许局长一看离婚协议书，气得暴跳如雷："你背着我偷人，还要我拿200万给你？做梦！"

许局长的老婆冷笑一声："我偷人？证据呢？"

是呀，捉贼捉赃，抓奸抓双，证据呢？董炎没拿他们相好任何证据给他？难道两人真的爱上了？

"可你凭啥要我拿200万给你？再说我也没有200万。"

"凭啥？凭这盒录像带，这盘磁带总行吧？你没200万，那你把你给那个婊子买的别墅卖了。这录像带与磁带，你好好看看好好听听。这录像带与磁带都是翻录的，原件在董炎那儿。"

许局长一听录音带，脸色变得煞白，宋副主任同董炎的谈话，一句不漏地录下来了。许局长也明白了，原来女人早同董炎好上了，要不宋副主任同他的第一次谈话，他怎么想到录下来。许局长又一看录像带，脸都气青了，全是他在别墅里同雪琴亲昵的镜头。

"这，这，这录像带是怎么来的？"

女人笑了:"很简单呀,董炎在你房里安了个针孔摄像机呀!要知道董炎在你那别墅里进出自如,你养的那个婊子给他配了所有门的钥匙。那婊子想同你结婚,只是看中了你是个会捞钱的局长。看够了听够了吧,那就签字,你不想我们离婚的事闹到法庭上去吧?"许局长双腿一软,咚的一声瘫在地上。许久,才吐出一句:"该死的婊子!"

树上的鸟儿

> 杨乡长的涎水流到桌上了,杨乡长的嘴角上还挂着笑。

本来,县里的这次有关精神文明建设的会议由乡党委刘书记出席。可刘书记去沿海考察去了,杨乡长只有去县里开会。

这回开会因人多,中餐吃食堂,每人两菜一汤。杨乡长没啥胃口,就邀了几个哥们儿去了君来大酒店。

自然由杨乡长请客。

十几盘菜摆满了一桌。

有这么丰盛的菜,自然少不了好酒。好酒当然指"茅台"、"五粮液"等几种名酒。

一桌的男人喝酒自然没意思,喝不出氛围喝不出情调。杨乡长便喊来服务小姐:"帮我叫几位小姐来陪酒。"

片刻就来了几位粉脸红唇的小姐,小姐都年轻漂亮,穿得又极少,身上都洒了各种牌子的香水,满屋子的女人味。杨乡长同他一帮哥们儿都兴奋起来,看小姐的眼光也贼亮亮的,酒桌上一时一片欢笑声。男人的酒量也大增。杨乡长只有喊:"再来两瓶'茅台'。"

后来南山乡的章书记提议:"我们每个人讲个'黄段子',谁不讲,就罚一杯酒,先由杨乡长讲。"

都同意。

杨乡长就讲:"从前有个傻瓜,小时对着一个蜜蜂窝撒尿,蜜蜂窝里飞出一只蜜蜂,那只蜜蜂蛰了傻瓜的小鸡鸡。傻瓜后来一见洞就怕。傻瓜大了后,家里给傻瓜娶了个媳妇。可两年了,傻瓜媳妇的肚子还平平的。傻瓜的娘从儿媳那儿知道傻瓜不会做那事。傻瓜的娘就教他,傻瓜说,'我怕,那洞里有蜜蜂。'傻瓜的娘说,'有没有蜜蜂,你拿手伸进去试一下不就知道了。'当天晚上,傻瓜的手就伸进去了,傻瓜的媳妇很激动,一激动,下面自然湿润了。傻瓜的手便极快地抽出来了,给了媳妇一耳光,'还说没蜜蜂,蜂蜜都流出来了'。"

陪杨乡长喝酒的小姐竟把一口酒喷在杨乡长脸上,小姐很是惊慌,忙拿毛巾给杨乡长拭。杨乡长说:"没关系,大家难得高兴。"

喝完了酒,自然唱歌。

杨乡长的嗓音不错,每回唱歌都能博一阵掌声。这回杨乡长同小姐唱《树上的鸟儿》。"树上的鸟儿成双对",小姐一开口,众人都鼓掌喊起好来。"绿水青山带笑颜"杨乡长喝多了酒,声音有点沙哑,远没有以前唱得好听。可众人仍鼓掌。掌声让杨乡长唱歌的兴趣越来越浓了。杨乡长同小姐一连唱了五首歌。

按以往的惯例,唱完了歌,该进按摩室,让小姐捶捶肩揉揉腿摸摸头。吃饭唱歌都太累,放松一下自然应该。可章书记一看表。惊呼:"不好,还差15分钟就开会了。"

杨乡长便"买单",并对服务小姐说:"给我再拿一条中华烟,开一张会务费发票。"

杨乡长进了会场,拣一个偏僻的位置坐下来。往常杨乡长每天睡午觉。昨天晚上在舞厅跳到一点,今天又没睡午觉,再加上多喝了点,县委何书记的报告又乏味冗长。片刻,杨乡长就趴在桌上打起鼾声。杨乡长太累了,睡得极沉,鼾声也打得极响,吭——儿,吭——儿,鼾声很有节奏,又雷鸣一样的响。

坐在杨乡长旁边的边书记推了杨乡长一下,杨乡长没反应。县委何

书记也停止作报告,对边书记说:"别推他,让他睡。他工作太劳累。"全会场一百多双眼睛齐刷刷地望着鼾声如雷的杨乡长。杨乡长的涎水流到桌上了,杨乡长的嘴角上还挂着笑。杨乡长竟在做梦,梦里,杨乡长把陪酒的小姐紧紧搂在怀里,两人你一句我一句仍唱《树上的鸟儿》。小姐唱了一句"随手摘下花一朵"。杨乡长接着唱"我与娘子戴发间"。杨乡长的歌声让会场变得鸦雀无声,可不知谁忍不住笑了一声,便引得全会场的人都"轰"的一声大笑,何书记也忍不住笑了,何书记一笑,众人笑得更放肆了,一个个按住肚子喊痛。杨乡长笑醒了,揉揉眼,见众人看着自己笑,也跟着哈哈地笑,众人笑得更欢了,屋顶上的灰尘被笑声震得纷纷坠落。

何书记站起来,狠狠一拍桌子,寒着脸吼:"放肆!"笑声戛然而止,极静,静得能听见众人的呼吸声。

第 五 辑

复杂与简单

李大手回家

> 李大手对台下的学生说,这么冷的天,让你们站这么久,真的很对不起。

据李大手说在这几年他在外做生意发了大财。他要捐款10万块钱在村里修建一所小学。

因而西装革履的李大手一进村,站在村口的村支书就放了一挂长鞭炮。鞭炮响了,锣鼓也跟着响了。李大手握着村支书的手说:"咋搞得这么隆重?"村支书说:"应该的,应该的。你在外为我们村争了光,你是我们村的骄傲。"

李大手在几个村干部左拥右呼下进了村会议室。李大手被村支书按在他以往坐的位置上。村干部同李大手喝了一杯茶,吸完了两支烟,扯了一些客套话,就到了吃中饭的时候,李大手被带到"好再来饭店"。"好再来饭店"是村里惟一的一家饭店。平时一般锁着门,只是乡领导,或者县里领导来了,再不就是来了像李大手这样的贵客,饭店才开张。

李大手又坐在首席位置上。菜都是当地的特色菜,鲶鱼炖豆腐、鱼仔炒辣椒、银鱼萝卜汤、红烧肉,大大小小的盘子摆了一桌。村干部一个个敬李大手的酒,一圈

下来，李大手喝了六盅，一瓶白酒也很快露底了。李大手说："你们六个人跟我一个人喝，我哪喝得赢？再一圈下来，我不趴到桌底下？这样吧，我这杯酒敬各位，感谢你们看得起我李大手这个孤儿。我干了，你们随意。"李大手12岁那年，父母遇车祸死了，村里没哪个人愿意收养李大手。李大手便出外流浪了。村干部都不说话，都把酒干了。村支书要给李大手倒酒，李大手捂着酒杯，不让倒："再不能喝了，真的不能喝了。"村支书说："再倒一杯。""好，这是你说，就一杯。"酒一倒满，村支书又站起来敬酒："李大手，你要捐款10万块钱给村里建学校，我这个村支书十分感谢你。我敬你一杯。对了，我们也决定将学校取名为李大手小学。"李大手把话题拨开了："喝完酒，我们是不是玩几盘麻将？"村支书说："你想玩，我们就陪你玩。"其实李大手不提出要玩麻将，村支书也会陪着李大手玩麻将。村支书也早同村长商量好了，李大手这回回家，就要让他吃好、玩好。村支书还叮嘱过村干部，同李大手玩麻将时，不能赢，只能输。输要输得自然，不能让李大手发现是故意输给他的。村干部昨天就每人领了两千块钱，准备在玩麻将时输给李大手。

一个下午，李大手就赢了2000块钱。

晚饭还是在"好再来饭店"吃的。李大手的酒比中午喝得更多，李大手的舌头也似大了许多，说的话都有点含糊不清。村支书对李大手说："过几天，我们就在村小学开捐赠会。县教育局局长、乡党委书记，还有县电视台、县广播站的记者都会到场。"李大手这回没拨开话题，而是拍着胸脯说："没，没问题。不、不、不就是10万吗？我一个月就、就能挣回来。"

七天来，村干部一直陪着李大手吃，陪着李大手玩。这七天，李大手赢了1万多块钱，也吃掉了1万多块钱。

正月十六，也就是村小学开学的第一天后，"李大手捐赠会"在村小学的操场上召开了。管文教的何副县长也来了。先是何副县长讲话，然后是教育局局长、乡党委书记、村支书讲话。再是村小学校长讲话。最后李大手讲了几句话，然后举起了一个巨大的红纸牌，红纸牌上写着："李大手捐赠人民币10万"。

这会一开就两个多小时。

正下着雪，蚕豆样的雪子粒打在学生的脸上，都觉得热辣辣的痛。学

生一个个冷得瑟瑟发抖,脸都冻得通红。校长刚要宣布散会时,李大手对台下的学生说:"这么冷的天,让你们站这么久,真的很对不起。为表示我的歉意,我给你们每人发10块钱。"台下的学生啊啊地欢呼起来。李大手问校长,你们校一共有多少个学生?校长说,150个学生。李大手笑着说,是144个学生吧。李大手拿出1440块钱递给脸红耳赤的校长,这钱麻烦你发给学生。

吃过中饭,李大手又要村干部陪他打麻将,村干部都找理由拒绝。不是他们不愿输,而是口袋里的2000块钱都输给李大手了。要村干部拿自己的钱输给李大手,他们才不愿意呢。村支书也没办法,村里的账上没钱。村支书说,我喝多了,头晕晕的,得睡一觉。村支书说着出了门,村干部也一个个地出了门。

李大手就来到村小学。学校门口挂的"欢迎县乡领导来我校指导工作""李大手捐赠会"的两块红条幅被风吹得哗啦啦地响。李大手进了五年级教室,教室里有十几个学生。李大手说:"我们都没事,玩牌好不好?很简单,我手里有三张牌,都摆在桌子上,我拿的这张牌,你们看好了,你看我放在哪? 如果你们在这张牌上压钱,压多少钱,我就输给你们多少钱。"先是一个叫石头的人压了一块钱,李大手输了。石头一连五盘都赢了。其他的学生心动了,也纷纷压钱。后来三年级、四年级的学生都来了。结果这些学生不但把杨大手开初给的10块钱输掉了,而且连压岁钱也输掉了。李大手见他们没钱了,就说:"好了,我得走了。"

李大手离开村时,对送行的村支书说:"我一回到广州,就把10万块钱汇来。"

一个月后,村支书打李大手的手机,问10万块钱的事,李大手说:"我公司目前资金比较紧张,下个月给你们汇款。"

后来村支书给李大手打几次手机,李大手都这样说。

这天晚上,村支书看本省新闻,从电视里见到了李大手戴着手铐。播音员说,李大手涉嫌诈骗被警察抓住了。村支书气得摔了个茶杯,咬牙切齿地骂,这个千刀万剐的兔崽子竟骗到我头上来了!

为仇人跑官

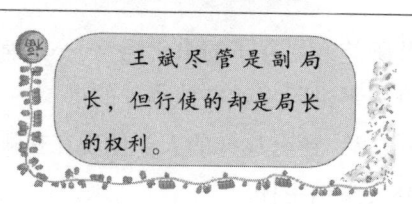

> 王斌尽管是副局长,但行使的却是局长的权利。

李建平原本和王斌是一对好朋友。但李建平一万个想不到的是,王斌竟同他妻子文丽有一腿。如果不是李建平亲眼所见,那打死他,他也不会相信。

那天文丽打电话给李建平,说她要加个班,晚些时候回家。李建平下班时,去了文丽单位。他想等文丽加完班,就去饭店吃饭。李建平敲文丽的门,文丽竟不开门。李建平上楼时明明看见文丽的办公室有灯。李建平心里就起了疑心,掏出手机拨文丽的手机,李建平听文丽手机发出的铃铃的声音。

"文丽,我知道你在,开门吧。"

门开了,文丽一脸绯红,头发蓬乱着。身后站着同样衣衫不整的王斌。

李建平同文丽半个月后就离了婚。文丽在两个月后成了王斌的女人。

就这样王斌成了李建平的仇人。

李建平总想报仇,但左想右想,想得头都痛了,也想不出怎样报仇。

当李建平得知他的大学同学朱南,从邻县调来当县委书记时,脑子突然一亮,兴奋地喊,有了,终于可报仇了。

李建平在一天晚上,拎了几斤水果去了朱南家。朱南见了李建平很高兴,两人有说不完的话。后来,该说的话说得差不多了,朱南说:"你有什么事要我帮忙,只要我能办到,尽管说,别客气。我们是睡了四年上下铺的好兄弟嘛。那时你总哥哥一样关照我,你为了我爬了四年上铺,还给过我不少饭菜票。"

"你还提那些陈芝麻烂谷子的事干吗?……是有件事请你帮忙。事情是这样的……"李建平讲起王斌夺他妻子的事。

朱南听了很气愤:"还有这样的人?他现在在哪个单位?"

"在民政局办公室当主任。"

"你想让我整他?"

李建平摇摇头说:"不,我想请你提他,让他当个副局长,能让他当局长更好。"

朱南一脸纳闷儿:"你没发高烧吧?"

"我这样做还不是为了报夺妻之仇。"

朱南沉思片刻,笑了:"我明白你的意思。当官有权了,就有许多漂亮女人围着他转,他一不小心被哪个女人迷住了,就把那女人包养了。然后给她买房,给她各种好处。最后东窗事发,他身陷囹圄,文丽又会重新回到你身边。但你想过没有,要是他万一没按你为他设计的路走,既不贪钱又不沾女色,那不太便宜了他?"

"请你放一万个心。要知道我们以前是朋友,他是什么样的人,我还不清楚?如果他不贪女色,就不会勾引我老婆,要知道十个贪女色的官十个是贪官。一贪女色,就得大把大把花钱,死工资显然不够开销,只有贪了。"

"好吧,王斌的事,我会好好考虑。"

三个月后,县民政局第一副局长调到工商局任局长,王斌顶了这个缺,曹局长还有两年就退休,到时王斌就可当局长。曹局长身体又不太好,一年有大半年时间躺在医院。王斌尽管是副局长,但行使的却是局长的权利。

王斌上任没多久,就准备建福利院。消息传出后,许多包工头来找王斌。

最后王斌把工程给了一个叫大河的人。

但大河根本不懂建筑,大河也不是包工头。大河能拿到工程只是因为他年轻漂亮的妹妹是王斌的情人。

大河转手把工程给了别人,大河这一转手,就轻轻松松挣了10万。

李建平又去了朱南的家,李建平说:"老同学,别再让王斌当官了。他再当下去,不知要给国家造成多少损失。我担心今后修起的敬老院过不了多久就会倒塌,那我不成了罪人?"

"你不想报仇了?这事最多只能免他的职,因只知道他包养了一个情人,没抓到他贪污受贿的证据。"

"不想了,突然觉得没意思。我也担心王斌真的坐牢了,文丽会受不了。我不想把自己的快乐建立在那么多人的痛苦上,代价太大了。另外我也怕连累你。"

"老同学能这样想,我真高兴。好在我们掌握了他包养情人的证据,到时文丽知道了这事,一定会重新回到你身边。"

"还是别让文丽知道王斌这肮脏事,我得找王斌好好谈谈,劝他别再拈花惹草,今后一心一意同文丽过日子,我现在突然希望他们幸福。"

官场阴谋

> 两天后,一个年轻貌美的女人敲开吴副局长的办公室。

还有一个月,周局长就得退下来了。周局长很想自己退下来后杨副局长能顶他的位置。杨副局长是周局长一手提拔起来的。杨副局长原来是周局长的司机,然后是局办公室主任,再后是副局长了。另外,杨副局长一直鞍前马后为周局长服务,为周局长办了不少他不便出面办的事,儿子出国、女儿进税务局,都是杨副局长一手操办的。因而周局长向管人事的市委何副书记极力推荐杨副局长。

何副书记说:"我们会考虑你的意见,但我们主要还是看全局职工的意见。你可以再推荐一个人,然后由全局职工投票,谁得的票多,谁就当局长……我看吴副局长这人还不错,你认为呢?"

周局长连连点头:"吴副局长是不错,是不错。"

其实周局长同吴副局长是死对头。工作上的事,两人总走不到一起,周局长自然不想吴副局长成为吴局长。但市委何副书记这样定了,周局长也没办法。周局长也知道职工投票选举,杨副局长一定会落选。吴副局

长是常务副局长,资格老,而且人缘不错,工作能力也很强。而杨副局长工作能力不如吴副局长不说,还没人缘,职工对他的意见很大。

周局长把杨副局长叫到办公室,商量对策。周局长说:"我担心职工选取举,你会落选。"

杨副局长说:"周局长放心,我已有对策了……"杨副局长的声音越来越小了。杨副局长说完了,周局长笑着说:"那就这样办。"

两天后,一个年轻貌美的女人敲开吴副局长的办公室。女人穿得极少,大半个白皙的乳房露在外面。片刻,女人哭着从吴副局长的办公室出来了。女人边哭边说:"姓吴的,别以为我好欺负,你答应给我的20万块钱如不给我,我决不罢休。"

女人的哭喊声引来许多看热闹的人。

吴副局长气得脸红耳赤的:"真是莫名其妙,我认都不认得你。"看热闹的人见了吴副局长走出办公室,一个个忙躲进自己的办公室,耳朵却竖起来了。女人却说:"姓吴的,你在床上咋不说这话?"吴副局长恼羞成怒了,也失去了理智:"你这个婊子养的……"

一时局里有了吴副局许多桃色传言。原来吴副局长竟在外包养情妇,并且还答应给情妇20万。20万,啧,我们得干十年,可吴副局长随便一开口,就给人家20万。

后来又有了吴副局长上周局长家,给周局长送礼的传言。

一个星期后,全局职工大会召开了。周局长在黑板上写下了吴副局长、杨副局长两人的名字。周局长有意把吴副局长的名字排在前面。周局长说:"按市委的意思,吴副局长和杨副局长是局长候选人,吴副局长是常务副局长,工作能力强,作风也正派。"周局长说作风正派时加重了语气。职工都低声嘀咕起来。周局长便说:"开会时别交头接耳。我知道大家议论上个星期发生的事,但我相信吴副局长不会做出那种肮脏的事。即使做了,那也是一时糊涂。但我们要给犯错误的同志一个改过的机会,改正了还是好同志嘛。以前,我以为吴副局长是个不善于同领导打交道的人。通过这些天的接触,我才知道我以前错了。我们局是个要钱的局,不能同上级领导搞好关系,要不来钱,那就影响了职工的收入。这些天,我也听到一些同志的闲言碎语,说吴副局长上我家给我送了礼。吴副局长上我家不错,但绝对没给我送礼。"

许多职工心里嘀咕开了。谁不知道周局长同吴副局长是冤家,两人平时见了面,招呼都不打。可现在吴副局长却上周局长家,吴副局长还不是想让周局长向上面推荐他当局长?哪有空手上人家里求人办事的?如果吴副局长没送钱给周局长,那周局长会帮吴副局长讲这么多好话?

"总之,吴副局长是好同志,很适合当局长。我建议,大家投票时都选吴副局长。好了,现在开始投票。"

我干嘛要听你周局长的?我愿选谁就选谁。你让我选吴副局长,我偏不选。再说吴副局长这样的人不能当一把手,他一个二把手,竟一开口就许诺给情妇20万。如他当上一把手,那不一开口就许诺给情妇100万?你周局长为他说话,还不是收了他的钱?你不帮你一手提拔的杨副局长说话,那准是杨副局长没给你送钱。许多职工这样想,投票的结果可想而知了。

杨副局长得了84票,吴副局长仅得11票。

杨副局长被市委组织部宣布任命局长的当天晚上,杨局长同周局长坐在"鄱阳湖大酒店"的一间包厢里,杨局长站起来举起杯说:"周局长,大恩不言谢,周局长以后有用得着我的地方,只要一句话,我能办到的一定办。这杯酒,我干了,周局长随意。"

"好,好,这酒我也干了。"

李大脚之死

> 李大脚啊地一声惨叫,倒在地上,头上的血不断地往外涌。

　　这些天,李大脚做着同样一个梦。梦里,他竟被一个从天而降的既似石头、又似铁锤的东西砸死了。李大脚第一次做这样的梦时,并没放在心上,第二次做这样的梦时,他有点心慌了。这天,他睡觉前,心里说,但愿今晚不会再做这样的梦。但是又做了。李大脚感到恐慌了。妻子劝,没有什么可怕的,不就是连续三夜做了个相同的梦吗?日有所思,夜有所梦。白天你太担心晚上做这样的梦,晚上就真做了。李大脚说,这是预兆,这几天,我哪儿也不去,只呆在家里。

　　李大脚向单位请了一个星期的假。

　　李大脚住的是独门独院,房子是三层的。李大脚在院子里养了许多花,李大脚还在二楼的阳台上摆了盆夜来香。李大脚极喜闻夜来香的香味。李大脚还养着一只画眉。李大脚很喜欢这只画眉。但李大脚家里的花猫不喜欢画眉。鸟笼挂在一棵枇杷树的树枝上。猫总爬上鸟笼,对笼子里的画眉龇牙咧嘴地叫,叫声极其恐怖。画眉缩成一团,浑身颤抖着,喊喊地惶叫。李大脚见了,

总把猫赶走，还朝猫踢上一脚。李大脚不喜欢猫，猫是妻子养的。家里老鼠太多。

妻子上班去了，儿子上学去了。李大脚拿了本金庸的武侠小说坐在院子里看。李大脚正看得津津有味，忽儿听到画眉惶惶不安的叫声，李大脚一看，猫又站在笼子上对着画眉张牙舞爪的。画眉不停地撞击着笼子，想飞走。此时的李大脚动了恻隐之心，他打开笼门，说，走吧，我还你自由。画眉欢快地飞走了。李大脚朝猫狠狠地踢了一脚，猫凄叫一声，逃进屋了。

飞出鸟笼的画眉开初很高兴，它自由了。它飞呀飞，飞了很长的一段路，感到又饿又渴。它想找吃的，但找的食物远没有李大脚放在鸟笼里的食物好吃。画眉便往回飞，那个鸟笼里有吃不完的食物有喝不完的水。画眉知道生命比自由更重要。画眉又回到鸟笼里。但让画眉感到失望的是，鸟笼里既没有食物也没水。装食物和水的小杯子都不在了。画眉大声地叫，它想让李大脚给它拿食物和水。李大脚却以为画眉在外面吃饱了，并没给画眉拿食物和水。李大脚对画眉说，外面的虫子要比鸟食好吃得多吧？也好，今后你饿了就自己吃虫子吧，还省得我花钱买鸟食。这鸟笼门我也不关。画眉听不懂李大脚的话，仍叫个不停。

晚上，李大脚坐在床上看白天没看完的武侠小说。晚上12点，妻子睡了一觉醒来，见李大脚还在看书，问，你还不睡？李大脚说，我怕又做梦。妻子说，你别太在乎。你越不想做这样的梦，越会做这样的梦。妻子把灯关了，睡吧。下半夜，妻子被李大脚哼哼的叫声吵醒了。妻子推醒了李大脚。李大脚一身虚汗，他喘着气说，我又做那个梦了，太可怕了。我怎么一连四个晚上都做同样的一个梦？我准要死了。妻子把李大脚搂进怀里，轻轻地拍着李大脚的背，不会的，怎么会呢？你太迷信了。

妻子出门去上班，李大脚还在睡。妻子想让李大脚多睡儿，没叫醒李大脚。此时的画眉已饿得奄奄一息的。鸟笼门一直是开的，画眉就是不去外面找食物。画眉深信它的主人李大脚会给它食物和水。

李大脚睡到上午10点。李大脚起床后，来到院子里给花浇水时才发现画眉死了。李大脚一捏画眉的肚子，空空的。画眉竟是饿死的。画眉一直深信他会给它食物和水。画眉把自己的命交给他李大脚了。画眉不应

该饿死的,它只要飞出笼子,就能找到食物。李大脚为画眉感到难过。

李大脚拿把小刀,在地上挖了个坑。可他一回头,地上的画眉不见了。李大脚四处一看,见猫正在吃画眉。李大脚跑过去,想从猫嘴里抢过画眉,但猫衔着画眉进了屋。李大脚追不上猫的,李大脚只有站在地上骂猫,终于有一天我会宰了你!

猫趴在阳台上的花盆上吃画眉。画眉的羽毛纷纷飘落。猫边吃画眉边朝李大脚喵喵地叫,像嘲弄李大脚,你能把我怎么样?愤怒得失去理智的李大脚捡块石头朝阳台上的猫扔去。石头竟击中了猫,猫喵的一声凄叫跑了。但猫身下的花盆掉下来了。花盆重重地砸在李大脚的头上。

李大脚啊地一声惨叫,倒在地上,头上的血不断地往外涌。

妻子下班回家时,李大脚的身子早已变得僵硬了。但她怎么也弄不明白放得好好的花盆怎么会摔下来?如果刮大风,花盆摔下来还有可能,但今天却是一丝风也没有。李大脚的妻子左想右想,也想不出来花盆摔下来的缘由。她只有叹一声,唉,这是命!要不李大脚怎么总做他被空中掉下来的重物砸死的梦?她又想,要是李大脚不信那个梦,不呆在家,上班去了,那也不会被花盆砸死。

一束旅行的红玫瑰

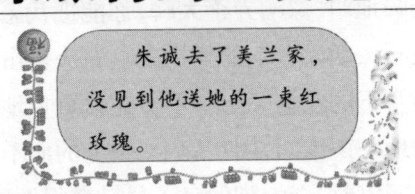

> 朱诚去了美兰家,没见到他送她的一束红玫瑰。

怀抱一束红玫瑰的朱诚一下车,就看见了美兰,朱诚想躲,但眼尖的美兰已看见了朱诚。美兰说:"这玫瑰送给谁的?"朱诚朝周围看看,见没熟人,便压低声音说:"当然是送给你的,除了你,我还能送给谁?"美兰接过朱诚递过来的玫瑰,很幸福地笑了。美兰的笑同红玫瑰样鲜艳,朱诚就着美兰的耳朵说:"你先回你住处,我随后就到。"美兰说:"大白天的,不好。"

朱诚只有回家。

王娟见了朱诚,说:"你电话中不是说给我买了礼物吗?"朱诚自然不敢说给她买的一束红玫瑰,已送给了美兰。朱诚说:"我给你买了一只戒指,掉了。"王娟说:"你就会骗人,不是把给我买的礼物转手送给别人了吧?"这时电话响了,王娟抢着接了电话,说了句:"你打错了。"就搁下话筒。

"饿了吧?我去给你弄点儿吃的。"王娟进了厨房。

朱诚坐在沙发上看电视,但电视上放啥,朱诚却不知道。朱诚心里说,开初给王娟打电话时,幸好没说给

她买了束红玫瑰。要不说红玫瑰丢了,王娟准不会相信。而这小镇上又没一家花店。那他得坐两个多小时的车去城里再买束红玫瑰。来回得花5个小时。

片刻,王娟给朱诚端来一碗热气腾腾的面条。面条里还卧着两只鸡蛋。朱诚心里说,还是老婆好。朱诚就后悔不该把那束红玫瑰给了美兰。如果给了王娟,王娟不知道有多高兴。结婚六年,他还从没送过玫瑰给王娟。朱诚心里愧愧的,觉得自己极对不起王娟,唉,不如趁早同美兰断了,一心一意同王娟过日子。

"坐车累了,你洗个澡,好好睡一觉。"

朱诚洗完澡,说:"王娟,你也洗个澡。"

王娟懂朱诚的意思。朱诚每回要王娟时,就让王娟洗澡。王娟说:"你太累,先睡一觉吧。晚上我再洗。"王娟这话告诉朱诚,她现在没兴趣,晚上会好好服侍朱诚。

朱诚只有独个睡了。

王娟出了门。

朱诚正睡得迷迷糊糊时,手机响了,朱诚按了接听键,是美兰。

美兰说:"我有位表哥想进你的竹器厂。"朱诚爽快地答应了:"这还不是我这个厂长的一句话?行,你明天就让他上班。""可他不想当一般工人,想坐办公室。""这可不是我一个人说了算,好了,我会慢慢想办法。就这样了,我想好好地睡一觉。"朱诚挂了电话。但朱诚再睡不着了。朱诚想,还是趁早同美兰断了。朱诚又给美兰打电话:"我再睡不着了,你现在在家吗?那好,我马上过去。"

朱诚去了美兰家,没见到他送她一束红玫瑰。朱诚说:"我送你的那束红玫瑰呢?不是送给了别的男人吧?"

"真不好意思。我弟来了,见了那束红玫瑰,拿走了,说要送给他女朋友。"

"送了就送了,我是随口问问。"

其实朱诚还真说准了。美兰把那束红玫瑰送给了她男朋友了。

往日,朱诚进门就把门闩上,猴急猴急的抱着美兰往床上放。可现在朱诚呆呆坐在椅子上。美兰说:"你有事?"朱诚说:"我想我们还是断了好,我不能耽搁你的青春。"美兰说:"我也这么想。"朱诚长长地吁了口气,他开初还担心美兰会觅死觅活的同他闹。朱诚从包里拿出一扎钱:"这是1万块钱,你一定收下。我没别的意思,这是我对你的一点儿补偿。"美兰不收钱:"我表哥的事,你一定得办妥。"朱诚说:"你所说的表哥准是你男朋友。"美兰不出声,默认了。朱诚心里酸溜溜的不是味。但朱诚还是应下来:"行了,我会疏通好方方面面的关系。"

朱诚回到家,让他一万个想不到的是他家的花瓶里竟插着一束红玫瑰。朱诚一数,十二朵红玫瑰。这束红玫瑰千真万确是他买的。那这束红玫瑰怎么又回到了他家呢?

王娟说:"这红玫瑰,是一女同事送的。今天是我28岁的生日。你不会怀疑这束红玫瑰是男人送我的吧。"

朱诚想说,这束红玫瑰还是我买的呢?但这句话在喉咙口打了旋,还是咽回肚了。朱诚把那束红玫瑰往窗外扔了,骂了声"婊子"就出了门。

朱诚又去了美兰家。朱诚说:"美兰,你说实话,你把那束红玫瑰到底送给了谁?那束红玫瑰怎么跑到我家里去了?"美兰说:"送给了我的男朋友。这样说,我男朋友同你老婆……真有这么巧,不可能吧?"

"可这是事实。"

朱诚抱起美兰往床上一扔,猴急猴急地压在美兰身上。

穷 村

> 思来想去，狗屎也想开了。

柳村庄是个穷村。村人住的是低矮的泥坯屋，穿的破破烂烂，吃的是粗菜淡饭。有的人家为省粮，一天吃两餐，吃两餐也是干的少，稀的多。村人早餐都是喝粥，所谓粥，就是一大锅水里放两三把米。粥稀得能当镜子照。下粥的菜就是自家腌的萝卜干、辣椒酱。冬天，家家的饭桌上就放这两个菜。村人一般一年吃三次肉，端午节、中秋节、过年。自然也有例外的，如家里来了贵客，所谓贵客当然不是指姨姑舅之类的客。贵客指的是刚定亲过门的媳妇以及媳妇娘家人。那些在城里的公家人来村里串亲，也是贵客。因而村人一个个面黄肌瘦的。

但这年，穷村出了个富人。村人一万个没想到狗屎会发这么大的财，狗屎有5万多块钱，天哪，5万，这个数字在所有的村人眼里都是个不可想像的天文数字。这时，狗屎那间泥坯屋挤满了人，门外也站了许多人。狗屎给男人散烟，给女人小孩散糖。欢快的说笑声在屋里盛不下，就一缕缕往外溢。村人问，狗屎，你怎么挣了这么多钱？

狗屎说，打工挣的。另外，那个女人给了我一点儿。

村人知道狗屎说的那个女人指的是他亲生的娘。狗屎自懂事后，一直把他的娘叫做那个女人。

狗屎恨着他娘呢。

狗屎3岁时，爹就患肝癌死了。为治爹的病，家里拖了一屁股债。狗屎的娘觉得日子没盼头，就扔下狗屎逃了，几年没音信。狗屎开初跟着年迈的爷爷苦熬日子。后来狗屎的爷爷也死了。狗屎就今天在赵二家吃一天，明天在钱三家吃一天；这个月孙四家给狗屎一件褂子，下个月李五家给狗屎一条裤子。狗屎是吃百家饭，穿百家衣长大的。村里所有的大人都是狗屎的衣食父母。

狗屎15岁那年，狗屎的娘来了。狗屎的娘嫁给了城里一个有钱的老头。她想把狗屎接进城。狗屎说啥也不肯进城，狗屎说我永远也不离开我的父亲们我的母亲们，是他们养大了我，我要报答他们对我的养育之恩。狗屎的话让村人心里很慰藉，他们觉得以前从嘴里省下的一口饭一口粥省得值，狗屎是个良心的人。

狗屎20岁时，村人帮狗屎砌了一幢泥坯屋，村人张罗着为狗屎找女人。狗屎却不想成家。狗屎说，我要去外面闯一闯，我要挣许多钱，我要报答村人对我的养育之恩。

如今狗屎挣了笔大钱，他们也该跟着享福了。有一村人问，狗屎，你那些钱准备干啥用？狗屎说，我想办个竹器厂。竹子，我们村前村后的山上到处都是，这可省一大笔钱。竹器在南方很受欢迎。厂子办起来了，必然挣大钱。有了钱，我们村就修条路，有了路，啥都有，到时我们可办山楂罐头厂，可办砖瓦厂，到时我们村准会富起来。那时谁还能说我们柳树庄是个穷村？

可是村人对狗屎的话不感兴趣，狗屎说的是梦，梦太虚太遥远。一村人说，狗屎，你拿1000元钱，买两头猪杀了，让我们全村人吃一顿，怎么样？狗屎在犹豫，可村人这话得到了许多人的附和，对，让我们都吃一顿。狗屎就说，行，吃就吃。村人全都欢呼起来。

几天后，赵二找到狗屎说，狗屎，我至今手头有点儿紧，能不能……？嘿嘿，赵二不好意思地说。

狗屎说，你要多少钱。赵二说，你先给我 100 块。狗屎看在赵二以前给他饭吃给他衣服穿的份上给了。

钱三也找到狗屎说，狗屎，我至今手头有点儿紧，能不能……狗屎给了。

孙四也来找狗屎借钱了。

李五也来找狗屎借钱了。

狗屎的钱不知不觉就少了 1 万。狗屎想到今后办竹器厂，要盖厂房，要买设备……用钱的地方多得没法算。再这样散钱，办竹器厂只是做梦。

因而麻子来找狗屎借钱时，狗屎拒绝了。麻子极不高兴，狗屎，你现在挣了点钱，眼睛就大了，就不认我了？想当初，你那时饿得走路都走不动时，是谁给了你碗粥喝？是我！是我从儿子手里夺来的，我儿子为这事一直恨我，几年没叫我爹！……

狗屎咬咬牙，心一硬，拿定了主意，就是不借钱。凭麻子怎么骂他，他也不还嘴。

赵二第二次来借钱时，狗屎一口回绝了。

钱三第二次来借钱时，狗屎也一口回绝了。

这样，狗屎得罪了全村人，都说狗屎忘恩无义。村人见了狗屎，都寒着脸冷着眼。狗屎主动招呼，村人冷冷哼一声不搭理。狗屎走在村街上，背上又热又冷，狗屎知道他背上落满村人喷着的怒火，裹着寒冰样的眼光。村里竟没有人同狗屎说话，连小孩都不愿同狗屎说话。狗屎问一个小孩，你为啥不同我说话。小孩说，我爹娘不让我同你说话，说你是个没良心的坏人。狗屎听了这话，浑身不由打了个寒战。

但狗屎仍没死办厂的心。狗屎就求村上出面批块地皮给他建厂房。村主任冷冷地说，不批。顿了顿，村主任又说，你批地皮干吗？你以为你能办厂，狗屁！你得罪了村里人，啥也办不成，没人为你建房，没人进你的厂受你剥削，村里的竹子自然不让你砍。什么？你出钱买，你拿 100 块钱买一棵竹子也不卖，你能怎么样？

狗屎彻底死了办厂的心。

思来想去，狗屎也想开了。狗屎便主动找到赵二说，赵二伯，上回你借钱，我……那是我的不对，我来赔礼了。我也想开了，钱是身外之物，生不带来死不带去。赵二脸上仍凝一团霜,透着冷气。狗屎当没看见,仍自顾说下去,以前如你不给饭我吃,不给衣服我穿,那我的骨头都烂了。哪还有现在的我?滴水之恩,应涌泉相报,这200元钱,二伯先拿着用。用完了,再说一声,如我口袋里有两块钱而不给你一块钱,那我就不是人,是猪狗生的。你们都是我的衣食父母,我这做晚辈的应该有钱大家一起用……狗屎的话让赵二脸上的霜渐渐融化了。

狗屎在赵二的桌上放下200元钱又去了钱三家。

狗屎在钱三的桌上放下200元钱又去了孙四家。

没多久,狗屎又成了穷人。狗屎过村人一样的日子,住的是低矮的泥坯屋,穿的破破烂烂,吃的是粗茶淡饭,狗屎过这样的日子,一点也不觉得苦。

几年后,村里又出了个富人。那富人是赵二的儿子,他在县城里开了家百货店,卖一些油盐酱醋之类的日常用品。狗屎每回进县城,都去赵二儿子的店。狗屎在赵二的儿子店里吃饱喝足后,还得拿包烟抽,出门时还说,我的手头有点紧,能不能……? 嘿嘿,狗屎不好意思笑了。

狗屎的手头一紧,就去赵二的儿子店里。

村里其他人的手头紧了,也去赵二的儿子店里。

赵二的儿子的百货店开不下去了,关了店门,回村了。

柳树庄至今仍是个穷村。

复杂与简单

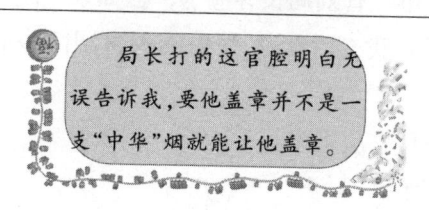

> 局长打的这官腔明白无误告诉我，要他盖章并不是一支"中华"烟就能让他盖章。

我退伍后，受聘省城一家报社做副刊编辑。后来我被县民政局分到都盛县工业局工作。

在报社编了三年副刊，总编很欣赏我。经编委会研究，报社决定正式调我。

能成为报社的正式职工，是我梦寐以求的事。

总编放了我一个星期的假，让我回县城办调动手续。

一到县城，我就拿着调动表找到局长。我恭恭敬敬递上一支"中华"烟，并恭恭敬敬点上火，然后说明来意。

局长说："你这事，我们得开党委会研究研究。"局长打的这官腔明白无误告诉我，要他盖章并不是一支"中华"烟就能让他盖章。

我便想晚上去趟局长的家。

我连局长姓什么都不知道，自然不知道住处。后来探听到局长姓刘，住在青山湖小区9幢1单元401室。

晚上，我便拎着鼓胀胀的包去了刘局长家。

我对刘局长说明来意。刘局长这回一口答应下来："行，明天我就让人给你盖章……啊，明天星期六。那你

就星期一再去办公室找我。"

我把包里的东西一样样拿出来,可是局长仿佛是瞎子,他仍慢腾腾地喝茶。我提着个空包千恩万谢出了门。

星期六,我在街上碰见了战友王强。闲聊中,王强得知我办调动的事遇到阻力,就很热情地说:"你这事怎么不早跟我说,工业局的张副局长就是我二舅,走,我这就带你去见我二舅。"

我想我盖章的事尽管刘局长答应了,但如果张副局长也同意了,那我盖章的事更稳了。我二话没说,又去了商场,出商场时,口袋里的300元钱就一分不剩。

张副局长也一口答应下来。

我感到更踏实了。

可是我星期一去找刘局长时,刘局长冷冷地说:"你去找张副局长吧。"我去了隔壁办公室找张副局长,张副局长眼皮也不抬一下:"你去找刘局长吧。"我说:"张局长,你不是答应得好好的?""我这二把手没权,你还是去找一把手。"

原来刘局长和张副局长不和,可是我不理解他们的不和与给不给我盖章有什么关系,我就打电话给王强,求王强帮忙。王强说:"我这就给我二舅打电话。"

一会儿王强找到我说:"原来都是你自己把事办砸了,你不能求两个有矛盾的一把手和二把手办同一件事,你开初就没讲你已经去过刘局长家了,要不我也不会再带你去求我舅。"

"可是刘局长怎么知道我去了你舅家?"

"你以为当官的像你这样傻?今天一上班,我舅就同刘局长说了这事。刘局长问你是我舅的什么人,我舅就说你是我的战友。刘局长就知道你已求过我舅了。"

"那我的事不就泡了汤?"

"你可以直接求办公室主任。因为公章归办公室主任管。"

"办公室主任有那么大的权?没有领导的同意,能随便盖章?"

"只要符合政策的事,办公室主任就可以盖章。但是你切记,你千万别说你已经为盖章的事求过刘局长和我舅,要不,你想盖章就白天做梦。"

我只有又拎着个包去求办公室王主任。

王主任问我:"你这事求过刘局长和张副局长吗?"

我摇头,很肯定地说:"没有。"

王主任就说:"这章我现在就给你盖。因为局里下过文件,凡是能调入别单位的一概放人。"

我心里又纳闷起来,既然局里下过这样的文件,那张副局长干吗还去请示刘局长?官场上的事太复杂,想来想去,我就是想不透彻。

更让我纳闷的王主任给我盖章时,刘局长和张副局长都坐在办公室喝茶抽烟。他们像根本没看到王主任给我盖章,他们也像不认识我一样。

赝 品

"可是……"郑若还想说啥，徐志儒便一挥手，作出送客的手势。

徐志儒对画有很深的造诣，在省城里，他是最有权威的鉴赏家。他这一辈子不知鉴定过多少幅画，从没出过差错。无论赝品造得多么逼真，他也一眼能看出来。

因而，凡是徐志儒鉴定了的真画，人家从不怀疑是赝品。换句话说，即使某幅画是赝品，但徐志儒若说是真画，那幅赝品就成了真画，就能卖个好价钱。

可这回徐志儒栽了。让徐志儒愤恨的是他竟栽倒在一位无名小卒手里。

这天晚上，徐志儒刚想睡觉，门铃响了，徐志儒开了门，进来的是位年轻人。年轻人彬彬有礼地说："徐前辈好，我叫郑若，以前有幸听过徐前辈的教诲，让我受益匪浅。老前辈怕是记不起我了。"

徐志儒说："不好意思，我真的记不起来了。对了，你找我有事吗？"

"很抱歉这么晚还来打扰徐前辈……我这儿有幅署名齐达的画，您能否帮我鉴定一下，看它是不是赝品。"郑若说着展开手中的画，是幅《九虎图》，《九虎图》

是明朝著名画家齐达的代表作,在美术界久负盛名。徐志儒的眼睛不由一亮,他忙拿起放大镜,片刻就叹口气说:"这是赝品。尽管这画伪造得极其逼真,线条流畅,画面简洁,色彩分明,像齐达的画风。但我们仔细看,还是能看出其中的破绽,像这只落在最后面的虎仔,眼神呆滞,毫无光彩。我曾见过齐达的这幅真迹,对这只虎仔的印象极深。真迹中这只虎仔的眼神极其活泼顽皮……"

"徐前辈,这画真的是赝品?"郑若小心翼翼地问。

"赝品!"徐志儒的语气硬得钢铁一样。

"可是……"郑若还想说啥,徐志儒便一挥手,作出送客的手势。徐志儒受到轻蔑,自然很生气。但徐志儒不会与郑若这样的无名小卒争辩,传出去,有失他徐志儒的风度。徐志儒的愤怒便表现在他的手势上了。

郑若像没看出徐志儒要他走的样,仍站在那儿说:"徐前辈,我很希望您鉴定它是真迹。"

"我凭什么要把赝品说成真迹。"

"凭这个。"郑若说着打开手中的密码箱,"凭这个,这是30万,只要你在这画上签个名,盖上章,这30万就归您了。"

"滚,你快滚!"徐志儒拉开门,对着郑若吼道。

"徐前辈,生这么大的气干吗?一切事,我们都可以商量。徐前辈可能不知道吧?齐达的《九虎图》原来也归我收藏,可前些天,家里发生火灾,那幅《九虎图》就化为灰烬了。幸好,我手头上还有这幅赝品,徐前辈现在可放心了吧,要不,我再加10万,怎么样?"

徐志儒不出声。

郑若说:"我再加10万。"

当郑若报出100万的天价时,徐志儒拿了笔在画上抖抖索索地签了名,盖了章。郑若一出门,徐志儒就瘫在沙发上了,大口大口地喘着粗气。

后来在全省第五次艺术品拍卖会上,徐志儒签名盖章的那幅《九虎图》也出现在拍卖会上。

《九虎图》一下蹿到600万了。

再没人报出最高的价时,拍卖师说:"我这里还有一幅《九虎图》,这幅画才是齐达的真迹。不知这位先生是要徐志儒前辈鉴定为真迹的《九虎

图》,还是我手中这幅《九虎图》?"

全场一片哗然。

拍卖师接着说:"要知道人家给了徐前辈100万,徐前辈才签了名。"

徐志儒气得当场晕倒在地上。

醒来后的徐志儒才知道他中了方华的圈套。方华也是鉴定画的鉴赏家,尽管他对画的造诣也极高,但他比徐志儒出道晚,名气远没徐志儒大,找方华鉴定画的人极少。方华为了置徐志儒于死地便想出这一毒招。

此后,徐志儒便在美术界消失了,谁也不知道徐志儒去了哪里。

幸福家庭公司

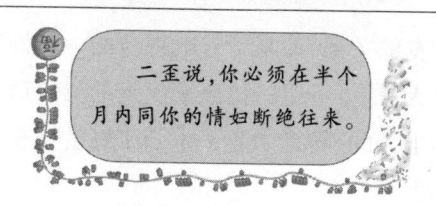

> 二歪说,你必须在半个月内同你的情妇断绝往来。

二歪初中没毕业就辍学回家。二歪懒,不愿干田地活,整天到处瞎逛,在社会上结识了一伙不三不四的人,专干些偷鸡摸狗的事。兔子不吃窝边草,可二歪不,二歪单偷村里的鸡猪狗猫。村人明知道这些坏事是二歪干的,却找不到证据,只得站在村头指桑骂槐骂两句消消气。

后来一家的一窝鸡被偷得一只不剩时,那村人很是气愤,便指名道姓骂起二歪来了。二歪听了,拿了把刀,对着那村人连砍两刀。二歪在派出所蹲了半个月就放出来了。二歪一手拿着一只咯咯叫的鸡,一手拿把磨得锐亮的刀,二歪瞪着血红的眼恶狠狠地吼,今后谁再惹怒了我,就跟这鸡的下场一样。二歪说着,手一挥,寒光一逗闪,鸡头落地了。

二歪就这样成了谁也不敢惹的村霸。

村人每年上交的农业税等各种摊派,还有计划生育工作都是村干部每年极棘手的工作。村长见村人都怕二歪,就让二歪当村里的治保主任。二歪这个治保主任当得极轻松,上交农业税时,二歪在喇叭筒里一喊,全村人都听着,限你们两天内把农业税交到村委会来。两天没交来,别怪我不客气。仅一天,所有的村人都交清了农业税。

可是二歪当了一年治保主任,就不想当了,二歪想去城里干事业。二歪进城后,在以前的狐朋狗友的支持下开了一家"幸福家庭公司"。二歪在新闻媒体上到处做广告"如果你的家庭不幸福,请来幸福家庭公司……"。

二歪通过一朋友的关系,请来了省电视台的一名姓叶的记者。叶记者跟着二歪跑了几天,拍了一组一位离家出走的男人后来在幸福家庭公司怎样怎样的帮助下,回心转意同妻子重归于好的镜头。镜头拍得很有人情味,富有感染力。

省电视台播出叶记者拍的这组镜头后,幸福家庭公司的生意一下火起来。许多人给那位离家出走的男人打电话询问幸福家庭公司的可信程度。那男人在电话中一个劲替幸福家庭公司做广告。其实男人根本没有情人,只是二歪给了他1万块钱,他就带着一位素不相识的"情人"出走了。

这天二歪又接了一宗生意,一位满脸忧郁的女人对二歪说,我男人晚上不爱回家,他在外养了个情妇。二歪问,你男人做什么的?女人说,他是南湖区的供电局局长。二歪满口应允下来,行,没问题,一个月内必让你男人同他情妇分手。女人很高兴地从提包里掏出一叠钱说,这是1万块钱定金。

几天后的一天晚上,二歪找到供电局的局长。二歪说,你必须在半个月内同你的情妇断绝往来。局长傲慢地说,你是什么人?有什么资格管我的事?二歪说,你别管我们是什么人,我们只要你同你情妇分手。局长仍不识相,对二歪骂骂咧咧的。二歪朝身后的人使了使眼色,局长就挨了顿拳脚。

二歪要走时,局长拿出手机按了110。二歪说,报警吧,我们是幸福家庭公司的,我们对你的事已调查很清楚,你一个局长凭工资能金屋藏娇?钱哪儿来的?你以为我们不知道?你如想坐牢,就报警吧。

局长按手机的手软软地塌下来了。

二歪问,你还和她来往不?局长说,听你的,不来往就是。可是第二天晚上,二歪发现局长又在他情妇那儿过的夜。一天深夜,二歪绑架了局长的情妇。二歪让女人给局长通电话,局长就求二歪放过她。二歪说,放过她很容易,只要你今后别同她来往就是。这回局长又满口答应了。二歪就沉着脸一字一顿地说,如你这回说话不算数,那你就别怪我不客气了。二歪说着,手里的匕首在女人脸上抹了抹。女人的声音如寒风中的枯草样抖得厉害,我求求你,我们今后别再来往了,要不他们会在我脸上刺几刀。

一个月后,局长的女人又给二歪送来2万块钱。

这天傍晚,二歪刚想下班,进来一位女人。二歪一见女人,眼睛刹也亮了,女人极漂亮,女人的皮肤白嫩得似只要轻轻一按,就可以按出水来。女人眼里水汪汪的忧郁,让二歪心疼。

女人说:"我很爱我的男朋友,可我的男朋友对我很冷漠,你能让他像我爱他一样爱我么?"

以往,二歪总是一口应允下来,可这回二歪说:"他既然不爱你,你干吗还这么死心塌地爱他?要知道强扭的瓜不甜。世上值得你爱的好男人多的是。"

女人摇摇头,一脸的痛苦:"我也不知道为什么,我就只爱他。"

二歪这时看看表,说:"已好晚了,我们一起吃饭吧。"女人一口回绝了。二歪说:"我们边吃饭边谈,这也是工作的需要。"二歪这么说,女人就同意了。

二歪接下这宗生意后,就着手调查女人男朋友的事。让二歪愤怒的是女人的男朋友竟然是个畜生。他不但赌博,还隔三差五去歌舞厅找"小姐"玩。二歪很快掌握了女人男朋友吃喝嫖赌的证据。当女人看到她男朋友吃喝嫖赌的照片,惊呆了。二歪说:"你还是尽快同他断了。"

女人真的同她男朋友断了。后来,女人同二歪好上了。二歪就同家里的老婆离了婚。女人同二歪结婚的那天晚上,笑着说:"看来你这幸福家庭公司该改名为痛苦家庭公司,痛苦家庭公司能使幸福的家庭变成痛苦的家庭。"二歪说:"你同你男朋友一起生活幸福吗?我同她一起生活幸福吗?现在你同我在一起不幸福吗?"女人就一脸幸福的偎在二歪的怀里,幸福地说:"你是个坏男人。"二歪也一脸幸福地笑:"我如不坏,你会爱我吗?"

招聘小偷

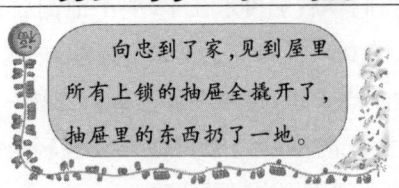

向忠到了家,见到屋里所有上锁的抽屉全撬开了,抽屉里的东西扔了一地。

吴立川是个小偷,这些天,警察抓小偷抓得极紧。吴立川不敢轻易"伸手",怕一"伸手"就被抓住。吴立川的同伙大都落在警察的手里。吴立川半个月没"干活",口袋是瘪的不说,手还痒得难受。吴立川决定这天要"干活",再不"干活"就得饿肚子。吴立川"干活"的场所都在公交车上,哪辆公交车挤,他就上哪辆公交车。

但吴立川没敢"伸手",其实吴立川的目标早就有了。他前面就是一个背着包的女人。女人的包是真皮的,背这样包的人大多有钱。他只要拿刀片轻轻一划,女人包里的钱就是他的了。吴立川的刀片都拿在手上了,但吴立川突然觉得脑门上烫烫的,一抬头,碰到一双鹰一样锐利的目光。吴立川忙低下头,手里的刀片也掉在地上了。

吴立川只有下了车。那个有一双鹰一样锐利目光的男人也下了车。吴立川心想不好,被警察盯上了。那男人拍了一下吴立川的肩膀,笑着说:"你好,我们认识一下,我叫向忠,你呢?""我并不认识你。""我们现在不

是认识啦？走，这里人多，我们去一边说话。你放心，我并不是警察，如果是警察，我会在你下手时抓住你。""我不懂你说的话。"

向忠笑着说："这是你掉的吧？"向忠手里拿着吴立川丢的刀片。"你……你想干啥？""别紧张，我只是想请你去一趟我家，把我家里所有上锁的抽屉全撬开。当然，不要你白干，我可给你1000块钱。""偷你家的东西？"向忠先是点点头，而后又摇摇头："不对，你别偷我家的东西，只是把所有上锁的抽屉全撬开。"

原来向忠有了一个比老婆年轻漂亮的情人。可情人并不想永远做向忠的情人，她要向忠离婚，与她结婚。向忠担心离婚时，他老婆会分走他的一半财产。向忠既想离婚，又不想老婆分走他一半财产。他左想右想，想得头痛了，才想出这个办法。

向忠昨天把存折上的15万块钱全取了出来。向忠同他老婆早看中了一套房，想买下来。向忠怕老婆怀疑，就说把这钱付房款。向忠当着他老婆的面，把钱放在抽屉里，然后上了锁。但老婆一上班，他就把15万块钱拿了出来，用报纸包了，塞进了贮藏室的一堆废旧的东西里面。

吴立川答应下来："行，什么时候去你家？""现在就去。"

两人打"的士"来到向忠家的楼下。向忠说："我家住这单元的401室。"吴立川问："门钥匙呢？""你不能拿钥匙开门。你得想法弄开门。""弄门时，你的邻居万一发现了怎么办？""邻居不会管这事的。再说这时候，邻居们都上班了。如真有人问，你就说我叫你开锁的，说我的钥匙忘在屋里。如万一人家不相信，你就打我的手机。这是我手机号码，给。记住，不到万一的时候，你别打我的手机，要不前功尽弃。"

吴立川把向忠给他的手机号码往口袋里一塞，上了楼。

20分钟，吴立川就下来了。吴立川对向忠说："按你的吩咐把所有上锁的抽屉全撬开了，我得走了。"向忠拿出1000块钱递给吴立川。吴立川接了，手扔伸着。"你这是什么意思？""太少了一点儿，2000块钱总要给吧。""这可是我们说好的。"向忠很气愤。吴立川说："你不给行，那我晚上再来你家，把这事告诉你老婆，到时你别后悔。"向忠只有乖乖地又掏出1000块钱。

向忠到了家，见到屋里所有上锁的抽屉全撬开了，抽屉里的东西扔

了一地。向忠忙拨了110，又给老婆打电话，说家里遭小偷偷了，家里的15万块钱也被偷了。

　　几天后，向忠想把15万块钱存进银行。可去贮藏室一看，钱不见了。向忠怀疑是吴立川偷走的，便天天在公交车上转。终于见到了吴立川。向忠把吴立川抓住了："你偷了我的15万块钱，快拿来。"吴立川说："谁偷了你15万块钱？如我偷了你15万块钱，早溜走了。唉，还是实话告诉你吧，我去你家时，你家里早被小偷光顾了，门早被撬开了，所有上了锁的抽屉也是开的。我随便翻了翻，就出门了。""那谁偷了我的钱？""你能请我去你家，难道你老婆不能请人去你家？"

　　向忠出了一身冷汗，想不到他算计老婆没算成，却被老婆算计了，抓鸡不成反蚀一把米。

　　没多久，老婆向向忠提出离婚。向忠不同意，老婆冷笑一声："你不离，行，那你得同那个骚货断了。"

　　开初向忠装出可怜的无辜样，可老婆连他情人叫什么住在哪，他一个星期同她幽会几次，全知道。向忠见抵赖不过，只有默认了，并保证今后一定不同情人来往。老婆便拿出一根笔，一本信笺，信笺下并垫上复印纸："你写个保证书，就写你今后若再同那婊子来往，就光身出门，房子、存款全归我和孩子。""还是别太认真。""你不想写？那你在这张协议离婚书上签名。家里所有的东西都一人一半。""行，我写。我这就写。"

第六辑

死亡游戏

村长，再踹我一脚

村长牵羊眼的猪时，羊眼抱着村长的腿跪下来，村长，我求求你了。

村长带着一帮人进羊眼家时，羊眼正吃中饭。羊眼喝的是粥，粥稀得能当镜子照，羊眼儿子的碗里却要稠得多。桌上有两碗咸菜，一碗萝卜干，一碗臭豆腐。羊眼的屋是泥坯屋，屋顶盖的是瓦，冷风不住地从墙缝里瓦缝里透进来，呆在屋里同呆在外面没啥两样。羊眼儿子的嘴冷得发紫，鼻子下的两道鼻涕就像两条绿色的虫。

羊眼见了村长，忙搁下碗，站起来，递过自己的凳子说，村长，您坐。羊眼又拿热水瓶倒茶，热水瓶却是空的。羊眼说，村长，我给您烧茶。

羊眼的屋里极脏，地上到处是鸡屎，下脚的地方都没有。三只脚的饭桌上竟有几粒老鼠屎。村长说，别烧水，你烧的水我敢喝吗？羊眼熄了火，朝村长嘿嘿地笑，屋里是太脏，要是我的女人没死就好，我女人很勤快，又爱干净。以前，我家的地上干净得能当床睡。可好女人不长寿……羊眼说个没完，村长忙打断羊眼的话，羊眼，我们村里只剩下你一个人没交农业税，你还是交了吧。羊眼说，我的好村长，我吃饭的钱都没有？哪还有钱交农

业税?村长,我不是不交农业税,只是我真的没钱呀!村长说,你前几天不是卖了一头200多斤的猪吗？羊眼说,村长不是不知道,我为治女人的病为办女人的丧事欠了一屁股债,欠的债不能不还吧?村长说,我不管那么多,我只要你交农业税,交农业税是天经地义的事。羊眼可怜兮兮地说,村长,我真的没钱呀!我身上只有十几块钱,原想给娃买件棉袄,瞧他冷得嘴发紫。要不,这钱你拿去吧。羊眼的眼圈红红的。村长别过脸说,你猪栏里还有一头100多斤重的猪,我们把那头猪赶到集市卖了,充当农业税。羊眼说,村长,使不得,真的使不得。我明年想靠那头猪翻修一下房子,瞧我房子的墙都歪了,如再刮次风下场暴雨,那我这房子就得倒。村长顺着羊眼手指的地方,见那堵土墙歪了不少。可村长又不能不要羊眼交农业税。其实村里还有许多户都说没钱交农业税,如羊眼这么穷的人都交了农业税,那村里其他人不好意思再说没钱交农业税。村长的心一硬,朝身后的几个人说,走,我们这就去牵猪。

村长牵羊眼的猪时,羊眼抱着村长的腿跪下来,村长,我求求你了。村长狠狠踹了羊眼一脚,羊眼倒在地上。羊眼的身子压在一块尖石头上,羊眼却顾不得痛,又要去抱村长的腿,被村长手下的人拉住了。

第二天,村长就接到乡长的电话,乡长对村长一顿好训,羊眼告状告到我这儿来了,说你踹了他一脚,把他踹伤了。羊眼说乡里若不好好处理这事,他还会告到县里。这事,你要妥善处理好。县报的记者已知道了这事,那县报记者是羊眼外甥的同学,若不是我向他说好话,那你的名字早上报了。村长听了这话,一肚子的火,村长冰着脸去了羊眼家。羊眼却不在,村长问羊眼的儿子,你爹呢？羊眼的儿子说,你打伤了我爹,我爹住院了。村长一听说羊眼住院,更火了,想不到羊眼这表面看似老实的人竟会讹人。村长到了乡医院,一位医生说,你踹人怎么那么狠?羊眼伤得不轻。村长还不相信,羊眼是纸做的人?踹一脚就踹出病了?医生再懒得同村长说话,走了。

村长出了医院,买了两斤苹果两斤香蕉。羊眼见了提着水果的村长,很激动,要爬起来,却龇牙咧嘴的唉哟一声躺倒在床上。村长说,你躺你的。羊眼说,村长,谢谢你来看我。村长说,你咋到乡长那儿告我的状?羊眼说,我没告,是我的外甥告了你的状,我不让,他偏要。村长说,你就好好

养伤,其他事不要担心。农业税由村里帮你交,但你甭要告诉任何人。你看病的钱都由村里报销。你出院后,就来村里的竹器厂上班。羊眼听了村长的话,眼里竟有了泪水。羊眼以前也想进竹器厂,可村长不答应。羊眼高兴地说,村长,你真是个大好人。村长说,我踹了你一脚,你不恨我?羊眼说,不恨,恨你那我就是龟孙子。我感激你都来不及。村长说,那就好,你叫你外甥别再惹事了。羊眼说,他若再惹村长不高兴,我就揍他。

几天后,羊眼出院了,羊眼出院的当天就去竹器厂上班了。

羊眼笑着对村长说,村长,再踹我一脚吧。村长说,到时你又住院讹诈我?羊眼说,哪会呢?那回如不是我身下搁着块尖石头,我哪会出事?村长说,那我就踹你一脚。羊眼说,踹吧,你踹我一脚,我还高兴呢。村长对着羊眼的屁股狠狠踹了一脚,羊眼又"扑通"一声倒在地上,羊眼一骨碌从地上爬起来,拍拍身上的土说,村长,怎么样?我身子骨还硬实吧。村长今后想踹我尽管踹好了。

后来,村长一高兴,羊眼就说,村长,踹我一脚吧,踹了我一脚你的气也就消了。

官场游戏

> 后来工作上的事唐小贵都向王君汇报，以前唐小贵都向主管发行的舒原汇报。

舒原当省新华书店经理时，唐小贵当书店发行科科长，后来舒原调省儿童出版社当副社长。舒原见出版社发行科只有副科长，很想把唐小贵调过来当发行科科长。舒原把这事对社长王君说了。王君说："调过来恐怕很难，编制满了。要不先招聘，待有了编制，再调。"

舒原当即给唐小贵打电话："小贵，出版社目前没编制，只能招聘，但两年后有人退休，空了编制再调。"舒原和唐小贵一向很好，好得两人一起去发廊按摩。唐小贵说："行，先招聘就招聘。"

但唐小贵一来出版社就后悔了。发行科是个烂摊子，留下了许多死账、烂账，而且有8000万的库存。这还不是唐小贵后悔的主要原因，主要原因是他在出版社的收入还没有他在新华书店的高。出版社的聘用职工与在编职工，无论是工资，还是福利待遇方面，差距都极大。唐小贵的工资和福利只有在编职工的一半。唐小贵来出版社一个月，正赶上过中秋节，社里发苹果，在编职工每人一箱苹果，而聘用职工两人分一箱。唐小贵说:"我这半箱苹果不要了。"另一个重要原因是发行科的几个在编职工根本不拿唐小贵这个科长放在眼里。唐小贵交待的工作,他们都不去做。"哼,你这个打工的还管起我们正式工来了。"唐小贵要干什么事,只有自己亲自干,就连去火车站发书,都得他去发。唐小贵想回新华书店。

舒原劝:"你就熬两年。两年后就调你。"舒原还向唐小贵透露一个社里这两年要建职工宿舍楼的消息。每个在编职工都保证能分到一套新房,每套房最低使用面积都有 120 平方米。唐小贵就只有熬了。

后来唐小贵发现舒原尽管是副社长,但没权,说话一点也不管用。有时舒原刚做出的决定,立马就被王君否定了。后来舒原吩咐下面人做的事,下面的人也不敢做,怕做了挨王君的批评。挨批评的事小,主要是怕王君认为他是舒原的人。唐小贵意识到他若想调过来,如不疏远舒原不同王君搞好关系,那他一辈子也调不过来。

舒原对唐小贵说:"你还是回书店当你的发行科长。王社长已把你当成我的人,调过来已没有希望了。"已熬了一年的唐小贵说:"再熬一年吧。若那时调不过来,就回书店。""到时我为你争取。"舒原只能这么说。

5月份唐小贵去上海参加全国书市,得了一套价值2000元西装的纪念品。其实这 2000 块钱开在会务费里面。唐小贵在报尺寸时,照王君的尺寸报的。唐小贵一回来,就把那套西装送给王君:"王社长,这套西装是我参加书市的纪念品。我穿太大了。或许您穿刚合适。"王君推辞了一会儿收下了。

后来工作上的事唐小贵都向王君汇报,以前唐小贵都向主管发行的舒原汇报。唐小贵也不再像以前那样时时进舒原的办公室。舒原也感觉到了。舒原在背后说唐小贵是个势利小人。这话传到了唐小贵耳朵里,唐小贵只当耳边风,左耳进右耳出。唐小贵同舒原越来越疏远了,同王君越来越亲密了。

王君也对唐小贵说:"你好好干,社里一有编制就调你。这段时间,你做什么事都小心些,别让人家抓住了尾巴。"

但唐小贵的"尾巴"还是被舒原抓住了。唐小贵私自收了一个书商的一笔 3 万元的书款。舒原想解聘唐小贵,并要唐小贵交出 3 万元书款。

王君不同意,说证据不足。舒原说:"证据足得很。那书商亲口说的,而且他还寄来唐小贵的收条,而财务科说这笔钱没入账。对唐小贵的处分,不能由你我说了算,得由社支部会说了算,得由全社职工说了算。"

王君让唐小贵摆平这件事。王君说:"舒原这回想一棍子把你打死。当然他也是敲山震虎。因你是我的人,想搞倒你还不是想搞倒我?如真的搞倒了你,那他的威信就竖起来了,那我这个一把手还怎么工作?哼,他同我斗,还嫩了点。"

唐小贵的事在全社职工引起轩然大波。职工都在背后议论这件事。

社召开支部会时,舒原拿出唐小贵收取书商的3万元的收条。王君说:"结论别下得太早。"王君拿起话筒,对唐小贵说:"你来一趟办公室。"社里只有五名支委,开支委会都在王君的办公室开。

唐小贵来了。唐小贵对舒原说:"舒副社长,这是那个书商传真过来的一封信,你好好看看,他这封信上说得很清楚。"书商信中说他给唐小贵的3万元钱是让唐小贵去文艺出版社帮他代购书。欠儿童社的书款这两天就汇过来。"如果舒副社长还不信,现在打电话去问书商。"

看完信的舒原窘得脸红耳赤了。

第二天,召开全社职工大会时,王君把唐小贵的事说了,并且不点名狠狠地批评了舒原:"有个别同志,在事情没有查个水落石出时,却怀着个人目的急于想整倒某个人,这极不利于全社职工的团结,也严重干扰了全社职工的工作、生活。这件事也传到外面去了,这给我们社的声誉造成了极恶劣的影响。在此,我代表支部会向个别同志提出严厉批评……"坐在王君旁边的舒原再也坐不下去了,拂袖而去。

但一年后,唐小贵不但没调成,而且被解聘了。但唐小贵没一点儿不高兴,而是带着满脸笑容走的。唐小贵脸上的笑不是装出来的,那笑是从心底里流出来的。

前几天,王君找唐小贵谈了一次话:"这两年你做的一些事,让全社职工对你意见很大。我再也不能也不敢护着你了,要不,职工对我的意见更大了,那我工作起来很被动。你还是回新华书店,我已同出版局的杨局长讲了,他也同意了,半年后,书店的丁副经理退了,这空出的位置就由你顶。"

让唐小贵去省新华书店当副经理,他自然高兴。

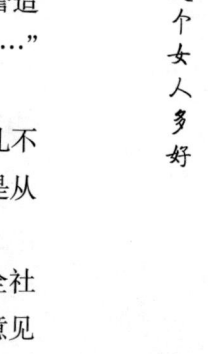

村 事

> 狗剩分了500元钱给牛屎,牛屎数钱的眼贼亮亮的。

狗剩同六根过足麻将瘾时,已是深夜。狗剩同六根一前一后出了门,冷风袭来,两人不由打了个冷颤。狗剩手里的电筒很暗,六根说,你那破电筒别照了,照了反而看不清路。

忽儿,狗剩蹲下来,捡了东西往口袋里塞。

六根说,你小子捡了钱想独吞,应该见者有份。

狗剩说,不是钱。六根说,不是钱拿出来看。磨磨蹭蹭许久,狗剩才掏出个纸包,就着电筒,是几包耗子药。狗剩说,这药毒死耗子有用。六根说,屁用。老鼠鬼精,不吃耗子药。狗剩说,那猪吃不吃耗子药?你小子吃了豹子胆?想毒别人的猪?狗剩点头,就毒别人的猪。你难道不恨村长吗?你瞧他分给你的田地易涝又易旱的……瞧他那样富,钱哪来的?还不是贪了我们的钱?我恨着他呢!六根说,我也恨村长。狗剩说,这就对,用这耗子药解恨。

狗剩和六根一人拿了包耗子药正往村长猪槽里倒时,一束亮光照在两人身上。六根的心一下提到嗓子眼

儿上，腿也软软的，没筋骨样要瘫倒。好啊，胆子不小，竟敢毒村长的猪。原来是牛屎。牛屎是出了名的好吃懒做的二流子。狗剩说，牛屎，你可千万别讲出去，这事一旦讲出去，我们的日子就没法过。牛屎说，不讲出去行，那你们该意思意思，这些天，我饭都吃不饱。狗剩就掏出10元钱给牛屎。牛屎把钱扔在地上，你这是打发叫花子。狗剩捡了钱，把口袋翻出来，说，我跟你一样，也是吃了上顿愁没下顿的穷光棍。我身上就只10元钱。狗剩说着，拿钱塞进牛屎的口袋。

牛屎说，待会儿我跟你去家拿。家里就十几块钱，还是昨天打麻将赢的，狗剩说。牛屎又对六根说，你呢？六根摸出一张10元的，牛屎接了，撕了几片扔在地上，就走。六根忙喊牛屎，别走那么快，一切好商量。牛屎还在走，狗剩就上前拉住了。六根赶上来说，你要多少，说个数。400。六根颤了下，最后咬咬牙，说，行，就当我打麻将输了。牛屎接了钱，兴冲冲地就走。狗剩和六根垂头丧气的。六根责怪狗剩，都是你出的馊主意。狗剩说，拿钱出气也值。

牛屎又回头了，牛屎对狗剩说，走，去你家拿钱。

此时有只公鸡喔喔地叫，片刻，村里的公鸡都喔喔地跟着叫。快天亮了。

这天深夜，牛屎同鸟蛋一前一后地走，两人都哈欠连连的，想睡。牛屎说，咋哑巴样的？说些话，说话时间过得快。片刻，牛屎问，你觉得村支书这人怎么样？别提他，一提他，我的心就痛。鸟蛋的语气里充满火药味。牛屎心里笑，村支书曾睡过鸟蛋的女人。牛屎说，我也恨着狗日的村支书。说这话时，两人到了村支书的柴房根。牛屎就对着柴房门撒尿，说，狗日的支书就是富，我们的柴都放在外面，可他好，还有柴房。鸟蛋也撒尿。忽儿，牛屎压低了声音，鸟蛋，想解回恨吗？鸟蛋说，想，咋不想？做梦都想。那好，烧了这柴房，牛屎咬着牙说。鸟蛋说，这是犯法的。牛屎笑，你裆里就没长二两肉，狗日的村支书就专拣软柿子捏。村里那么多有姿色的女人，他怎么打你女人的主意？妈的，老子就做回男人。鸟蛋说着就拧打火机，牛屎拿把干茅草就点打火机。茅草燃旺了，牛屎就从柴房窗口里扔进去。

这时，一束亮光定定地照在两人身上。是狗剩。

鸟蛋哀求，兄弟，千万别讲出去。狗剩说，我近来手头紧，米缸里的米都能数得清。鸟蛋说，你要多少。1000，狗剩不多说一个字。少点儿，我真拿不出。你拿不出？骗鬼去！你的家底我知道。你不想拿，我也不强求。那我走。鸟蛋说，慢走，这事好说。

此时，火旺起来，红红的一片，有狗"汪汪"地朝这吠。牛屎说，还不快走。

狗剩接了鸟蛋的1000块钱，又对牛屎说，你难道没点儿表示？那回我家去拿。狗剩就跟着牛屎回家。

回到牛屎的家，牛屎关了门。狗剩分了500元钱给牛屎，牛屎数钱的眼贼亮亮的，牛屎说，明天我再去六根家诈点。狗剩接过话，如六根真不出就算了，别逼得太急。牛屎说，也是。狗剩又说，想不到今天钓到鸟蛋这条大鱼。鸟蛋家有钱，可多弄点儿。狗剩说，我们现在预备钓下一条鱼。牛屎说，德福和贵生不是一对冤家吗？德福有钱，是条大鱼。……哈哈，想不到我们也能发财了。牛屎笑得好开心。

外面闹哄哄的一片，村人都在灭火。

"走，看热闹去。"狗剩和牛屎一人端着一脸盆水出了门。

牛二丢了台电视机

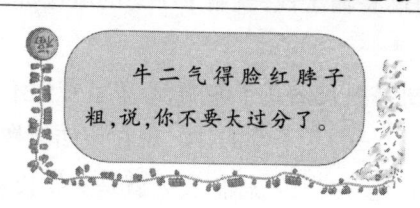

> 牛二气得脸红脖子粗,说,你不要太过分了。

　　日头坠入鄱阳湖后,村人都收工回家。可牛二同女人还在割稻。村人招呼牛二,还不回家?牛二应,傍晚割稻凉爽,再割会儿。牛二想把这田稻谷割完,明天一心一意扎稻。

　　天完全黑下来了,稻谷也割完了。牛二和女人就回家。到了家门口,牛二掏钥匙开门,门竟是开的。牛二心一沉,中午去田里割稻,他明明锁了门。牛二说,不好,家里进了贼。牛二开了灯,见被撬了的门锁扔在地上。女人的腿就发软,忙进了屋,揭开墙上的画,手伸进墙洞,还好,钱和存折都在。心安了一些,可牛二说,不好了,电视机没了。女人一看桌上,电视机真的没了。女人的心似要从嘴里跳出来,腿又没筋骨样软软无力,似要瘫倒。女人忙扶住门框,喊,哪个千刀万剐的偷跑了我的电视机。偷跑了我电视机的人有命活20岁,没命活30岁……女人的哭嚎声引得村里的狗汪汪地吠个不停。左邻右舍也来了,都安慰女人,电视机丢了也找不回,还是身子要紧。牛二瘫在椅子上,双手捧住头,心疼

得一个劲地叹气。也是,一台电视机,500多元钱,买了没看两天,500元钱就这样白白扔进水里,水漂也不打一个。

晚饭,牛二和女人也没吃。

一晚,牛二和女人躺在床上翻来覆去的,眼睛怎么也合不上。

第二天一早,牛二就去了乡派出所。两个民警就到牛二的家。两个民警在村里忙乎了两天,查出牛二的电视机是村长的儿子偷的。村长的儿子也承认了。他打麻将输了钱,就偷了牛二的电视机,卖了300元钱还了账。

牛二得知电视机是村长的儿子偷的,心里就惶惶不安的。牛二对女人说,这电视机咋是村长的儿子偷的?唉,现在该如何是好?女人说,派出所怎样处理就怎样处理。牛二说,你们女人就是头发长见识短。让派出所处理,那不就得罪了村长?你得罪了村长,今后还有好日子过?田地分你易涝易旱的,你想批宅基地没门,你如生了一个女儿再想个儿子那是做梦……求村长的事多着呢。他随便哪里卡你,就够你受的。女人听了,想想也是,就问,你说咋办?牛二说,没办法,只有这样了。牛二就出门,女人问,你去哪?牛二说,还能去哪?派出所呀!路上,牛二碰见了石子,石子凑近牛二的耳朵说,我们都谢你呢!以前村长那不务正业的儿子不知偷了村里多少东西,这回好,栽在你手里了。他在派出所承认偷了你的电视机,看他今后再敢偷不?幸好你报了案,要不,那二流子的胆子会越来越大。啥东西都敢偷。牛二听了心里不是味,你们失了东西都不报案,现在让我为你们出气,让我得罪村长,哼,想得美。

牛二到了派出所,对刘所长说,我错怪村长的儿子啦,他没偷我的电视机。刘所长怔了,啥?你说他没偷你的电视机?牛二点头说,他没偷。刘所长问,那你的电视机怎么让他卖了?牛二说,我那时糊涂了。我那电视机是卖给了村长的儿子,可我忘记了。

牛二坚持说村长的儿子没偷他的电视机,村长的儿子就被放出来了。村长的儿子就来到牛二的家,对牛二说,多谢你帮我。牛二说,谢啥?应该的。村长的儿子说,既然你的电视机回来了,那我买你电视机的400元钱得还我。牛二一时说不出话,这,这……村长的儿子说,你既然不肯退那400元钱,那这电视机我搬走了,牛二咬咬牙,说,你搬吧。村长的儿子搬了电视机出了门。

路上,碰上村长的儿子的人都说,我说,你哪会偷他牛二的电视机。牛二不是人,竟红嘴白牙的说瞎话。

村长的儿子又找到牛二,说,你损害了我的名誉,要把村里有声望的长辈请来吃顿饭,然后当着他们的面放挂万响鞭炮给我赔礼。

牛二气得脸红脖子粗,说,你不要太过分了。村长的儿子冷冷哼一声,你不照我的话做,那行,到时你别说我不够朋友。牛二说,这电视机的事,你我心里还不清楚?村长的儿子说,我清楚。村长的儿子拿出牛二在派出所写的证明材料,说,这白纸黑字很清楚,要不要我念一遍?……你不照我的话做,今后有你后悔的。我说的话,你再想想,明天答复我。村长的儿子说着走了,出门时,他重重地关了门,门嘭的一声响,墙都震动了,屋顶上的灰尘纷纷飘落。牛二的脑子里乱七八糟的,理不出头绪。七思八想了一夜,牛二就叹气,只有将错就错了。

这天中午,牛二家里摆了两桌。村里有声望的老人都坐下了。牛二放了一挂万响的鞭炮。劈里啪啦的鞭炮声引来村里许多看热闹的人,坐在饭桌边的老人都斜着眼看牛二,眼里满是鄙夷。门外有个小孩喊了句,牛二是我裤裆里的东西。小孩儿这话让大人哄笑不已,那刺耳的笑声刀子样剜着牛二的心,牛二的脸也火烤样烫,眼里酸酸的有了泪。

村长的儿子沉着脸说,乡亲们,别吵了……我被牛二诬陷的事,乡亲们也知道。今天,牛二就这事向我赔礼。村人的眼都盯着牛二,村人的眼光冰霜样寒,牛二不由打了个冷颤。牛二站在那里,脑海里一片空白,啥也说不出来了。村长的儿子说,牛二,你咋不说话?牛二说,你要我说啥?村长的儿子说,你该向我道歉。牛二说,那好,我说。其实你该向我道歉。我的电视机确确实实是你偷的……

牛二的话还没说完,人群里就爆发出一阵欢快的掌声。

王厂长送礼

> 王厂长心里说，郝县长真滑。如若今后出了事，他以不知道推得一干二清。

郝县长为官清正廉洁。贪污受贿的事，从来与他无关，而且工作能力极强，办事果断泼辣，做什么事都为老百姓着想，因而郝县长在百姓中的威信极高，口碑极好，百姓都叫他好县长。

可红星罐头厂的王厂长却不信，哼，还有狗不吃骨头、猫不吃鱼的怪事？罐头厂的效益越来越不行，已有两个月发不出工资了。王厂长很想挪个位置。

王厂长给郝县长送过几次红包，郝县长坚决不收，还严厉地批评了他。

这回，王厂长给郝县长送了一箱山楂罐头。

王厂长说："我们厂搞有奖销售，设立了一、二、三等奖。其中一等奖奖金2万元。说不定，郝县长这箱罐头里面就有个一等奖呢。"

郝县长又不收。

王厂长说："送一箱罐头也叫行贿？一箱罐头出厂价才30多块钱，一包烟的价钱。郝县长不收，那有点儿不近人情吧。"

郝县长拿出30块钱给王厂长。王厂长开始不收,郝县长说:"那你把这箱罐头端走。"

王厂长这才收了。王厂长心里说,嘖,这不送礼送进了?如郝县长发现罐头瓶盖上有个一等奖,那我挪位置的事,他不会不为我考虑。

王厂长出门时,又叮嘱郝县长:"这箱罐头,郝县长要亲自吃。郝县长运气好,准会中一等奖的。"

郝县长心里说,如我真中了一等奖,那2万块钱就可资助二十个穷小孩念完小学。但郝县长事多,一忙起来,就忘记吃罐头了。倒是郝县长的儿子郝旺吃了两瓶罐头。郝旺念高二,学习成绩很好,郝县长对郝旺管得极严,给的零花钱极少,郝旺许多想买的东西都没钱买。这回,郝旺拉开罐头瓶盖时,见盖上印了一个一等奖,激动地大喊:"哈哈,我中一等奖了,2万块钱,我发财了。"

郝旺没把他中奖的事告诉郝县长,再说郝县长到沿海考察去了。郝旺也没告诉他妈,如告诉了,这2万块钱就得上交。郝旺去罐头厂领奖时,王厂长问郝旺:"你爸妈知道这事吗?"郝旺说:"不知道。"王厂长心里说,郝县长真滑。如若今后出了事,他以不知道推得一干二净。

郝旺领了2万块钱,先是请几个要好的同学去酒店吃了一顿,吃过后,又上了舞厅。一个同学说:"叫几位小姐陪我们唱唱歌,跳跳舞。"郝旺说:"叫就叫,反正今天所有的花销,我都包了。"

小姐们先是陪他们唱歌、跳舞,后来小姐们百般挑逗他们,她们拿胸脯在他们身上蹭来蹭去,他们经不住诱惑,全被小姐们拉下水了。

事情过后,他们一个个都哭了。

但他们自制能力差,他们第二天晚上又进了歌舞厅,又叫了小姐。

他们在小姐们的教唆下,又吸毒了。

郝县长从沿海考察回来后,王厂长找到郝县长,又谈起他挪位置的事。郝县长这回极恼火:"你应该考虑怎样把厂子搞上去,而不是考虑调动的事。像你这样的厂长,我们不但不给你挪位置,而且还得免职,当一般工人。"

王厂长心里说,好你个郝县长,胃口真大,2万块钱竟不放在眼里。几天后,王厂长又端了一箱罐头去了郝县长家。王厂长说:"郝县长,你的

运气好,上回拿了一个一等奖,这回准又拿个一等奖。"

郝县长听糊涂了:"你上回送我的罐头里面有个一等奖?"

"你儿子早已领了奖。"

郝县长把郝旺叫了来沉着脸说:"快把2万块钱拿出来。"

郝旺说:"全用完了。"

"怎么用完的?"

郝旺一五一十地招了。郝县长听不下去了,狠狠一脚把郝旺踹倒在地上,郝县长对王厂长说:"瞧瞧,这是你做的好事,你把我的儿子毁了,你滚,还不快滚!"

郝旺被送进了戒毒所。进戒毒所,得一次性先交2万块钱,郝县长竟一下拿不出这么多钱。郝县长的爱人想到王厂长留下的一箱山楂罐头,忙一瓶一瓶拉开瓶盖,找到了那个印有一等奖标记的瓶盖。郝县长的爱人拿了瓶盖就往外走,郝县长说:"你去哪里?""还能去哪里?我们总不能对儿子见死不救。这钱,就算我们借罐头厂的,今后有了钱还罐头厂就是。"郝县长的爱人出门了。郝县长坐在沙发上,双手捂着脸,眼泪一滴一滴的从指缝里透出来,掉在地上。

几年后,郝县长因贪污受贿戴上手铐。

心　　态

> 妍不想永远做二狗的情人,妍想成为二狗的女人。

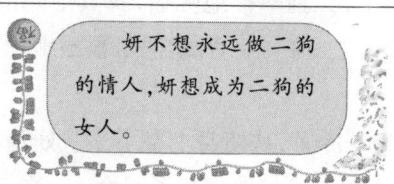

　　二狗脑瓜子灵,学了一年的石匠,就能单独盖房了。在乡下盖房挣不到啥钱,二狗就去了城里。二狗没啥门路,揽不到活,只得在别人手下干,让别人吆喝来吆喝去的。二狗不想在别人手下捡饭粒吃,他想自己当老板。

　　机会终于来了。二狗探听到民政局要盖一幢宿舍。二狗就天天去踏局长的门。当然每回都不空手。可局长总打官腔,说研究研究。二狗知道局长嫌他送的礼轻,可二狗的手头紧。二狗只有借钱送。这回,二狗去局长家,见局长的爹在翻院子里一块地,局长的爹说种点儿菜。二狗二话没话,抢过锹就干。地锹完了,又拿耙子把土耙细。局长下班了,见了光着背耙地的二狗,说,歇歇,喝口水。

　　就这样,民政局的宿舍楼让给二狗干了。楼盖好后,二狗一算,喷,净赚5万。

　　二狗又承包了几个工程,口袋一下鼓了。家里也盖起一幢五间三层的楼房。二狗就创办了一个建筑公司,

他高薪请了个女大学生当会计,那会计叫妍。妍长得很美,一双水汪汪的眼,睫毛又长,眼睛就毛茸茸的,眼珠子更黑了。二狗总偷偷地看妍的眼,当妍看二狗时,二狗红了脸,忙看别处。妍调皮地笑了,妍一笑更好看,脸上涡出二个深深的"酒窝",里面盛满浓浓的情意。露出的手也雪样的白,二狗心头酥痒地一颤,像有人拿羽毛样的东西轻抚。

后来,当二狗搂着赤身裸体的妍时,还以为是做梦。一咬嘴唇,却痛。二狗把妍搂得更紧了,二狗幸福地呢喃,我真他妈的幸福。现在让我去死,我他妈的也知足。二狗一激动,就把妍狠狠地压在身下,二狗猛烈地撞击着妍。

忽儿,二狗的身子冷了,从妍身上翻下来。妍流泪了,原来你一点也不喜欢我。二狗说不是。我忽然想起了我女人。要是有个男人在我家里也这样对我女人,我她妈的不戴绿帽子了?那多窝囊。妍说,这么说,你很爱你女人。二狗说,我说过我跟她在一起早没激情了。可她毕竟是我女人。唉,你不懂。妍嗔怪地骂,农民!二狗说,农民就农民,农民有啥不好?再说,我是实实在在的农民。

妍不想永远做二狗的情人,妍想成为二狗的女人。二狗说,这还不简单?我同女人离掉就是。可片刻又叹口气,说,我若离了婚,我女人就会成为别的男人的女人。二狗眼前浮现别的男人压在女人身上的画面,心里就酸涩涩的不是味。妍就笑,离了婚,你女人成为别的男人的女人,碍你什么事?二狗说,她曾经是我女人。你想想,我二狗的女人却被别的男人……唉,你不懂。二狗就吸起闷烟来,二狗的二条眉紧紧拧在一起。忽儿,二狗一拍脑瓜子,眉头舒展开来,说,有了。

第二天,二狗就回了家。二狗对女人说,我们分开过算了。行,女人很爽快地应。二狗说,分开了,你今后得一个人过日子,不准再同别的男人结婚。女人说,这你管不着。今后结不结婚是我的事。二狗说,你如想结婚,那别从我手里得到一分钱,这房子你也没份。你今后如不结婚,这房子让你住,每年我给你3万元钱花,你仍可过吃香喝辣的好日子。你自个儿想吧。

女人左思右想后,同意离了婚不再结婚。

二狗同女人离了后,同妍结婚了。妍对二狗这一做法极不理解。妍反

对二狗这样做,不想二狗发了火,眼瞪得铜铃圆,脸上蒙了层铁锈,吼,你他妈的少管老子的事!我二狗的女人决不能成为别的男人的女人。妍从没见过二狗发这么大的火,骇得忙闭了嘴。

二狗为了解女人的行踪,给女人请了个保姆。二狗对那保姆说,你好好照顾她。她有什么事,如跟什么人来往,你就跟我说。你如让我满意了,我不会亏待你。

一年后,女人就跟一个男人好上了。二狗对女人说,你不是答应我不结婚吗?女人说,我结婚关你屁事!二狗说,你难道不想过这样吃香喝辣的日子?女人说,过好日子要靠自己的双手。

二狗又去找男人,二狗说,你如不跟她结婚,我拿5万元钱。你有了5万元钱,还怕找不到好女人?男人不,执意要跟女人结婚。

二狗躺在床上翻来覆去的,怎么也睡不着,唉,该用啥法阻止女人结婚?二狗想得脑袋都要炸裂了。后来,二狗的眼迷迷糊糊合上了。二狗就梦见一脸疤痕的女人,二狗骇得惊叫起来,又醒了。二狗一拍脑瓜子,对呀,如女人真的一脸的疤痕,哪个男人还敢要?

死亡游戏

> 忽儿，人群里一个漂亮的女孩急着喊，徐炎，徐炎，你千万别往下跳……

一个卖冰糕的老头发现楼顶上站着一个人。老头说，那人是不是想寻短见？

那人见有许多人在看他，就弓背蹲身做出往下跳的样子。

老头把双手做出喇叭状，大喊，年轻人，你千万别做傻事，有啥事想不开的？

老头的喊叫，招来许多人往上看。

有人拨了"110"、"120"，片刻，警车、救护车呼啸而来。警车与救护车呜呜的鸣叫，让气氛变得更紧张了。

看热闹的人越来越多。

忽儿，人群里一个漂亮的女孩急着喊，徐炎，徐炎，你千万别往下跳……女孩的声音圆润而清脆。旁边的警察忙把喇叭递给女孩。女孩喊，徐炎，徐炎，你快下来。女孩的声音里夹着哭腔，且一颤一抖的。

楼顶的年轻人喊，丽丽，我要你答应嫁给我。

看热闹的人这才知道女孩叫丽丽，也明白丽丽喊的那个徐炎为什么想寻短见。

丽丽不说话，旁边的警察说，救人要紧，先答应他。

徐炎又喊,丽丽,我爱你,这世上只有我真心真意地爱你。

丽丽的牙一咬,徐炎,我也爱你。丽丽说完这话,有两大滴晶莹的泪水在眼眶里晃动。

徐炎说,那我下来了。

结局竟这样平淡乏味。看热闹的人一个个失望地走了。他们其实并不想见到徐炎砸在地上血肉模糊的样,他们只是想结局复杂些有趣些,譬如警察偷偷地上楼顶,从背后抱住徐炎。或者徐炎往下跳,正好落在警察铺在地上的气垫上,徐炎毫毛无损。这都是题外话啦。

八年后,徐炎又站在楼顶上。

这回是一个小孩发现的。小孩说,楼顶上那个人想跳楼。

楼下又围了一群看热闹的人。

警车救护车又呼啸而至。

重演了八年前的那一幕。

警察喊,年轻人,别做傻事。

徐炎说,叫我老婆来。要不,你们就给我收尸。

你有什么事想不开的?警察问。

我想离婚,她不肯离。她若还不肯同我离婚,我就死给她看。

她的电话?

徐炎说了。

警察拿出手机拨了电话号码,通了,里面传来一个女人有气无力的声音,快来救我,我不行了……我刚吃了老鼠药。我不想离婚,想以死来威胁他,以为他这时候会回家,会把他骇住。他不是人,他靠我父亲发了后,有了别的女人……快来,我快不行了,我的眼发黑,胸发闷,我住在东湖街……

警察对徐炎喊,你老婆吃了老鼠药,我得去救你老婆。

你不救我啦?

你怎样上去的怎样下来。

警车呜呜地叫着走了。

徐炎灰溜溜地下了楼。

结局仍是这样这样的平淡乏味,看热闹的人一个个失望地走了。

门铃响了

> 后来萧微又在男人的衣领上发现了口红的痕迹。而保姆又变得爱打扮。

1

"嘀嘀嘀……"
门铃响了。

2

萧微听到钥匙插进锁孔的声音。然后,咔嗒一声,门开了。

没开灯。躺在保姆床上的萧微的身子愤怒地颤抖着。果然不出她所料。萧微不想要这样的结果。

他进了房,什么话也不说,搂着她狂吻,一双饥渴的手在她的身上乱揉,动作极其粗暴。萧微被弄疼了。萧微等,她要等到他进入她身体时,再开灯。

"小燕,我想死你了。好久没要你啦。"
是一个陌生男人的声音。

萧微想挣扎,想给男人一个耳光,但已经晚了,男

人已经像头野兽在她身体里疯狂地动着。萧微竟感到从没有过的快感。她放弃了挣扎,且激情澎湃地迎合着男人。

男人更兴奋了,也更疯狂了。男人喘着气说:"我喜欢今天的你。"

事后,男人开了灯,身下的女人不是小燕,而是一个陌生的漂亮女人。

3

萧微怀疑男人与保姆有事。

保姆是萧微与男人从保姆市场上找来的。男人见了眉清目秀的小燕,眼一亮,果断地说:"就她。"萧微开初想找一个丑一点儿的中年妇女。

"不行,就她。找个又老又丑的女人,让我吃饭都没胃口。"

萧微只有依了男人。

后来萧微又在男人的衣领上发现了口红的痕迹。而保姆又变得爱打扮。这更加深了萧微的猜疑。但萧微不想打草惊蛇。没抓到确实证据,打死了男人,男人也不会承认。抓贼抓赃,捉奸捉双。

因而这天吃中饭时,萧微对男人说:"我今天晚上不回来啦。我妈病了,我得去看看。"

"哦。"男人的语气装得很平静。但萧微还是听出男人语气里掩饰不住的兴奋。

男人又说:"我晚上要陪几个客户,可能12点以后才能回家。"

男人吃完中饭出门了。

萧微去了趟洗漱间,她隐约听见小燕打电话的声音:"……好,晚上见……"萧微到了客厅,小燕忙挂了电话。小燕的脸红扑扑的。

"我晚上不回来,这么兴奋?"萧微的脸色不好看了。

小燕说:"给朋友打了个电话。"

小燕把锅碗洗好后。萧微说:"我的一个朋友病了,你去照顾一下,晚上不要回来。"

"我,我……"小燕一万个不愿意的神情。

"我朋友会给钱你的。"萧微冷冷地说。

"那我给朋友说一下。"小燕拿起了话筒。

"不行。"萧微从小燕手里夺过话筒,搁下了。

天一黑,萧微就躺上保姆的床。她在黑暗中等待男人的到来。

4

"嘀嘀嘀……"

门铃固执地响着。

男人不是说12点以后回来吗,怎么这么早来了?此时的男人骇得早钻进了床底。

进来的是男人。还有一个女人。

男人对女人说:"我女人回娘家了,她今晚不会回来。我起初拼命按门铃,就是为了证实她在不在,她若在,准会开门。好了,今晚我们要疯个够……"

随后传来女人哼哼呀呀的呻吟声。

萧微身旁的男人听了女人这种声音,胆子又大了,不安分的手又探进她的衣服内。

5

"嘀嘀嘀……"

又传来门铃声。

爱情圈套

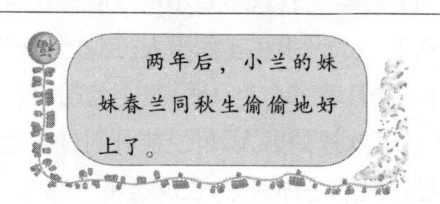

> 两年后，小兰的妹妹春兰同秋生偷偷地好上了。

松贵在桂月家干了半个月活，桂月就喜欢上了松贵。桂月心里说，这小伙子不但长得俊，还聪明。手艺也好，做出的活很漂亮。如女儿小兰嫁给了他，今后准会过上吃香喝辣的好日子。

桂月就探听松贵家里的情况，家里几口人呀，盖没盖瓦房等。松贵一五一十地说了。松贵的回答让桂月很满意。桂月便问关键的问题："订下亲没？"

"还没。"松贵红了脸，桂月笑了，这小伙子多朴实。丈母娘看女婿，越看越喜欢。在桂月的眼里，松贵就是他的女婿。哪知松贵接着说，"不过，我有了女朋友，我们自由恋爱的。"松贵这话让桂月脸上的笑倏然消失得无踪无影了。但桂月不死心，桂月说："你们反正没订婚，你同她吹了，我给你介绍一个好女孩。"

松贵摇摇头："我很喜欢我女朋友。"松贵早明白桂月的心意，桂月一有空就在他跟前讲她女儿小兰怎么样勤快，怎么样贤惠，怎么样聪明，讲有多少媒人上门。小兰确实是个好女孩，松贵想他如没女朋友，准会喜欢

上小兰的。

桂月心里说，我一定要让你成为我的女婿。

十天后，桂月给儿子结婚的一套家具打完了。明天，松贵就不再来了，这天傍晚，桂月弄了很多菜，十几盘菜摆了一桌，桌子上摆不下了，就叠着放。桂月还买来两瓶糯米酒。

开饭时，一个男人一拐一拐的进了门。松贵说："桂月婶，这是我弟弟，松林。"桂月的心猛地一抖，这不是小兰以前喜欢的男人吧。小兰以前同桂月说过她喜欢上一个做小买卖的男人。当桂月一听说那男人的脚有点拐，就极力反对。桂月看了小兰一眼，见小兰的脸上一脸淡漠，就放心了。这男人不是小兰喜欢过的男人。再说桂月问过小兰，小兰也承认自己喜欢松贵。桂月说："既然是你弟弟，也就坐下一起吃。"

松林客气了两句，就坐下了。

桂月一个劲劝松贵喝酒，桂月每回劝酒都有理由："谢你帮我打了这么一套漂亮的家具，来，我敬你一杯。""这些天，让你辛苦了，招待不周，在这赔礼。来，干了它。"……桂月这么客气，松贵只有一杯接一杯喝。糯米酒进口味好，甜，但后劲大。喝完了易醉。

松林也一杯接一杯地喝。

两瓶酒见底了，松贵和松林也趴在桌子上了。

桂月对松贵松林说："想不到你们两个这么不经喝。今晚上，得在我们家过宿。"

桂月让男人扶着松贵去了南厢房，让儿子扶着松林去了西厢房。桂月对小兰说："你可去南厢房睡了。"小兰红着脸说："我还没洗脸呢。"

桂月也感到头晕眼花，桂月说："我也去睡了。"

第二天一早，桂月醒来了，听见小兰的哭声。桂月说："小兰，你哭啥？"小兰说："我被松林睡了。"桂月的头"嗡"的一声响，耳畔似有千万只蜜蜂叫："这到底怎么回事？"

原来，小兰洗锅碗时，松贵起来上茅厕。松贵回来时进了西厢房。松贵见床上有个男人，就推："你咋睡到我床上来了，去，去你床上睡。"

松林爬起来，一拐一拐的进了南厢房。一上床，就睡了。

小兰洗完锅碗，洗漱好了，然后进了南厢房。小兰也没开灯，上了床。

小兰还以为躺在床上的是松贵呢。

桂月弄清了原委,腿一软,一屁股坐在地上。

松林朝桂月跪下了:"大婶,让我娶了小兰吧。我会好好待小兰,会让她过上好日子。"

"你,你梦想!"

小兰说:"妈,让他娶了我吧。我已是他的人了……这是我的命。"

"都怪我!……"

次年的正月初六,小兰在一阵劈里啪啦的鞭炮声中进了松林的门。

两年后,小兰的妹妹春兰同秋生偷偷地好上了。桂月嫌秋生家穷,一万个不同意。小兰和松林回家劝桂月,桂月却听不进。小兰说:"妈,你看我嫁给松林,幸福吗?"此时的松林在城里开了一家百货店,一个月可净赚三四千块钱。结婚三年,两人一直恩恩爱爱的,没红过一次脸。桂月点点头。小兰笑了:"妈,你知道吗,我开初同松林好,你不也是死活不同意吗?"

桂月才知道松林就是小兰以前喜欢上的男人。

当桂月对小兰说出她的计划时,小兰一口答应了。小兰同松林、松贵三人将计就计,一起演了这场戏。

桂月看着幸福偎依在一起的松林和小兰,笑着说:"妈还以为为你们设好了爱情圈套,想不到我自己却钻进了你们的爱情圈套。妈听你们的,你妹的婚姻大事,我再不反对了。"

怪　事

> 去省城领奖时，厂里专门给吴修理订做了一身西装。

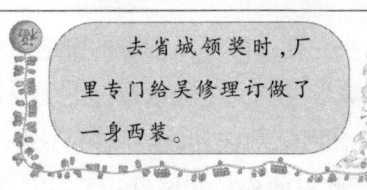

这事，怪！

吴小雄自15岁进农机厂学徒，一晃眼，三十余年过去了。摸了三十几年的机床，厂里的每台机床，吴小雄熟悉得不能再熟悉，用他自己的话来讲，他熟悉机床比熟悉自己的女人还熟悉。自己的女人有多少根头发，他不知道，可厂里每台机床有多少根螺杆多少个螺帽多少个齿轮，吴小雄说得丝毫不差。

吴小雄每天穿一身油腻腻的工作服在各个车间里转。那工作服是太脏了，脏得分不清工作服是蓝色的还是青色的。有人让他换一身新的，吴小雄说："穿这身工作服干活方便。"也是，厂里不管哪台机床出了故障，他一伏上去，七捣八敲的，一会儿机器又重新转了。有一回，吴小雄在车间里转，转到一台机床跟前，感觉声音不对，忙喊："快停，这台机床的传动轴上掉了一个螺帽。"机床停了，真的是掉了一个螺帽。工人心里啧啧赞叹，神了！

工人们给吴小雄取了个"吴修理"的绰号。吴小雄

一点儿也不生气,反而说:"这名字好,好,叫得亲热,听得舒服。"这样,吴修理这绰号一下传开了,全厂人都这样叫他。不管谁喊吴修理,他都乐哈哈地应。久了,吴小雄这名字渐渐被人忘记了。

后来,市报一名记者听说了吴修理的事。一采访,传闻不是假的,心里高兴,一篇5000字的专访就见报了,还配发一张吴修理穿着一身满是油渍的工作服的照片。市里管工业的副市长看了报,就来到厂里看望吴修理。

全厂都轰动了。

后来吴修理成了省劳模。去省城领奖时,厂里专门给吴修理订做了一身西装。吴修理开初不肯穿,厂长说:"你是代表我们厂里去领奖。你不穿也得穿!这身西装1000多块钱,人家想穿,还想不到呢。"吴修理穿了西装,浑身不自在,可厂长一个劲地说有精神。吴修理一照镜子,觉得是不错,一向弯驼的腰也似直了许多。

从省城回来后,吴修理仍穿着西装,上班时,吴修理脱下西装,换了一身崭新的工作服。

这回,厂里换届,上面下了文件,厂长由全厂职工投票选举,选票一统计完,吴修理竟当上厂长了。

许多人就改口叫吴厂长。可一些人一时改不过口,心里想叫吴厂长,可吴修理三个字会脱口而出。吴厂长听了,脸色就有点儿不太好看,渐渐地,吴修理这名字就没人叫了。

这天吴厂长正端着茶杯站在窗前,望着窗外出神。有人推门进来了,是第一车间主任,吴厂长问:"什么事?"车间主任说:"我车间一台机器坏了。"吴厂长的脸沉了:"这样小的事还找我,你看我不正忙着?机器坏了,有修理工,养他们不是让他们吃白饭。"车间主任说:"他们修不好,要我请你去看看。"

吴厂长来到车间里,车间主任递来一件工作服。吴厂长看了看工作服上的油渍,皱皱眉说:"不用了。"吴厂长西装也不脱就接过扳手。

可吴厂长忙了半个上午,机器没修好。吴厂长恨不得一下扔了手里的钳子。这时,厂办公室秘书来了,喊:"厂长,电话。"吴厂长把钳子狠狠一扔,进了厂长办公室。可话筒好好的放在电话机上,吴厂长满意地

笑了。

午饭,吴厂长是在"帝皇酒楼"吃的。又多喝了两杯,脑子就晕乎乎的。上班时,吴厂长还没完全清醒过来。一进厂,就遇到以前的师傅刘大进。刘大进喊:"吴修理,听说厂里机床坏了,你还不去修?"吴厂长说:"我这就去。"吴厂长进了车间,脱下西装,穿上油腻腻的工作服,扑在机床忙起来。十几分钟后,吴厂长跳下机器自信地说:"修好了。"刘大进说:"不愧是吴修理!"

车间的职工见吴厂长十几分钟修好了上午花两个小时也没修好的机床,觉得怪。

更怪的是后来厂里的机床一坏,如修理工修不好,就请吴厂长喝酒。吴厂长喝得半醉,再拿件油腻腻的工作服换下吴厂长的西装,喝道:"吴修理,快修机床!"这样,再难修的机床,一到吴厂长手里,机床立马能修好。

这事,真怪!

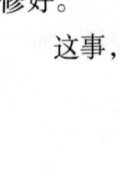

乡 村 有 案

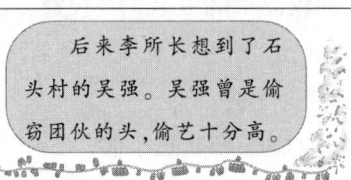

> 后来李所长想到了石头村的吴强。吴强曾是偷窃团伙的头,偷艺十分高。

北山乡派出所的李所长一上班,就接到了乡党委徐书记的电话:"李所长,你来我办公室一下。"

李所长进了徐书记的办公室,说:"徐书记,什么事?"

徐书记说:"外商明天来我乡考察,你的任务是……"

李所长抢着说:"保护好外商的人身安全和财产安全。"

徐书记摇摇头说:"你知道外商为什么不想在南山乡投资?"

"南山乡的投资环境不好,小偷太多。外商到南山乡的第一天,提包就被人割了,丢了5000美金。可我们乡,现在一个小偷也没有。"李所长说的是实话,李所长上任后,对小偷加大了打击力度。小偷在北山乡呆不下去了,都蹿到别的乡里去了。

"我现在要你找一个手段高明的小偷,把外商的钱包偷来。"

李所长听了徐书记的话,以为自己的耳朵出了问

题："徐书记,你是说我请一个小偷去偷外商的钱包？"

徐书记点点头："嗯。外商为什么不在南山乡投资？因为南山乡的警察工作效率太低,南山乡派出所的所长当着外商的面夸口,外商丢失的5000美元三天之内一定会完璧归赵。可一个星期过去了,连小偷的影子也没见到。如果外商的钱包在我们乡被偷了,你在一天内把外商的钱包送来,那外商就觉得我们乡的警察工作有魄力,工作效率高,人身财产的安全都有保障。这样一比较,外商准在我们乡投资。外商可是带了1000万美元,要是这1000万美元投进我们乡,那我们乡不富得流油？好了,不多说啦,你快去找个手脚麻利的小偷。"

李所长一时还真不知道去哪儿找小偷。

后来李所长想到了石头村的吴强。吴强曾是偷窃团伙的头,偷艺十分高。有一回吴强在李所长的眼皮底下偷走了一个人的钱包。而且李所长的眼睛一直盯着吴强的。这可以看出吴强的手是何等的快。但后来吴强在李所长数十次谆谆教诲下,才答应洗手不干。吴强又在李所长的帮助下,在街上开了家饭馆。李所长决定去找吴强。

吴强见了李所长,忙让座,并问："李所长,想吃啥？"

李所长摆摆手："没胃口,我到这儿来,是求你帮我一个忙。"

"只要我办得到,赴汤蹈火都愿意。"

李所长就说了。

"让我再当小偷？不,不行。我怕一偷起来。就会收不住手。要知道偷东西同吸鸦片一样会上瘾的。我好不容易在李所长的帮助下戒了偷,你现在却又要我去偷,不行,不行！你还是去找别人吧。"

李所长又做吴强的思想工作："让你偷外商的钱包,这从大处上说你是为了全乡人民的利益而偷。若外商的1000万美元真的投进在我们乡,我们乡一共两万人,你算一下？每一个人合多少美元？1000美元,8000多人民币。那你不成了英雄？你这偷是光荣的是崇高的！从小处上说你是帮我个人的忙。你如还认我这个朋友的话,就偷一回。"

"好吧,我答应你,就最后偷一回。"

第二天,外商来了。李所长和几个民警跟在外商后面。李所长见到了吴强,忙使了个眼色。吴强会意,跑到同外商走在一起的徐书记面前说:

"徐书记，借个火。"吴强给徐书记敬了一支烟，又给外商敬烟。外商拒绝了。吴强掉头走时，与外商碰了一下，吴强忙说了几遍："对不起。"吴强朝李所长使了个眼色，李所长知道吴强得手了。

外商吃午饭时才发现他的钱包掉了。徐书记对外商说："您放心，我们乡的警察办事效率都极高，我向您保证，钱包晚上就会原封不动回到您手里。"

"你们这儿的小偷怎么这么多？"外商一脸的不满。

徐书记沉着脸把旁边的李所长狠狠训了顿："你不是说我们乡没有一个小偷吗？……"

李所长饭也没吃，就走了："我这就去抓小偷。"

李所长去了吴强的饭店，吴强的饭店门是关的。李所长打通了吴强的手机，吴强却不接。李所长一直打，吴强索性关了机。傍晚，吴强才给李所长回了个电话："李所长，我现在出了省，你猜外商的钱包里有多少美元，3580美元。我开饭店，要起早摸黑，辛苦地干一年挣不了多少。我决定还是重操旧业。干这行，钱来得快来得轻松。"

"你还是回来吧，别执迷不悟！要知道这可是关系到全乡人民的利益……"李所长的话没说完，吴强挂机了。李所长再打时，却是对方已关机或者不在服务区的声音。

外商在北山乡呆了两天，钱包仍没回来。第三天一早，外商悄悄地走了。

李所长被调到另一个乡派出所当副所长。

三年后，已成为汪洋大盗的吴强终于被警察抓住了。吴强被关在县公安局的看守所里。李所长得知消息后立马赶来了，李所长对吴强说："你小子把我害得好苦呀。"

吴强叹着气说："李所长，这句话应该由我对你说。唉，要是你没让我偷外商的钱包那多好啊！……"

麦 子

> 麦子放出来了,麦子见了灿烂得耀眼的阳光,竟伤心地哭起来。

这天一早,柳树村的麦子就进了乡派出所的门,麦子对坐在藤椅上看报纸的宋所长说:"宋所长……"宋所长见了麦子,放下报纸,给麦子扔了一支烟,自己也叼上一支,掏出打火机,燃了,狠狠吸一口,说:"麦子,你这大忙人咋有空找我?"麦子是县里有名的养鸡专业户,忙得头发打结也没空梳。麦子说:"宋所长,我把狗日的村主任杀了。""啥?你杀了村主任?"麦子说:"杀了,村主任昨天晚上强奸了秀花,我气不过,就把他杀了。"宋所长扔了烟,狠狠一拍桌子,骂:"你这狗日的活厌了?"宋所长给麦子戴上一副锃亮的手铐,并狠狠踹了麦子一脚。宋所长把麦子推进一间小房间,锁上门,对刘警官说:"我们去看现场。"

宋所长同刘警官刚进柳树村,就碰见了村主任。宋所长呆了:"你,你没死?"村主任说:"宋所长,你大白天咋说这晦气话,你不是发高烧吧?"宋所长说:"麦子没杀你?麦子狗日的咋骗人?""麦子干吗要杀我?""麦子说你昨天晚上强奸了秀花。"村主任听了这话,浑身抖了下,

脸色变得煞白,嘴唇也哆嗦起来:"他怎么知道我强奸了秀花?"宋所长大吼:"你真的强奸了秀花?"村主任忙说:"没,我没强奸秀花,我哪敢强奸秀花?走,去我家,我们好好喝几杯,好久没在一起喝酒了。"宋所长一口回绝了:"下回吧,麦子还被我铐在派出所呢。"

宋所长给麦子开手铐时,又狠狠踹了麦子一脚:"你狗日的大白天说梦话,寻啥穷开心。"麦子说:"宋所长放我?难道杀死人不要抵命?"麦子说这话时一本正经,根本看不出麦子是撒谎。宋所长心里挺纳闷,麦子平时可是个地地道道的老实人,他干吗开这个玩笑。宋所长就说:"你是不是把别的人当做村主任杀了?"麦子肯定地说:"不会的,决不会的,村主任我也不认识?""可村主任活得好好的。""不可能,这怎么可能呢?"

宋所长还是放了麦子。

宋所长说:"下回你还这样胡闹,我得关你半个月。"麦子还是肯定地说:"我真的杀死了村主任,他强奸了秀花,该杀。"宋所长笑了:"你准是在梦中杀了村主任,准是梦中见村主任强奸秀花。""村主任千真万确强奸了秀花,你不信,可以问秀花。"宋所长说:"我明天就去调查这事。"

宋所长一调查,村主任真的强奸了秀花。

村主任戴上手铐了。

许多人觉得怪,麦子怎么知道村主任强奸了秀花?有人这样问麦子,麦子说:"我也不知道自己怎么知道的。"麦子这话像没说一样。

更怪的是几天后,麦子找到宋所长说:"我把村支书杀了。村支书这人极贪,村里谁送钱给他,他都收。昨天晚上,他收了一个想承建村小学的包工头的1万块钱。宋所长,你说这样的人该不该杀。"宋所长说:"你咋又来寻开心?"宋所长又去了柳树村,村支书活得好好的。宋所长说:"村支书,麦子说你昨天晚上收了人家1万块钱。"村支书说:"没,我没收1万块钱。"

可宋所长一查,村支书真的收了人家1万块钱。

村支书也戴上手铐了。

村人更觉怪,这麦子是不是有啥特异功能?要不,啥人做了坏事麦子咋知道,可新上任的村主任说:"这麦子肯定有病。"新村主任心里很怕麦子,他担心麦子知道了他所干的坏事,也让他戴上手铐。新村主任这话得到许多人的附和:"对,麦子肯定得了病。"村里那些做了昧良心事的人都怕麦子。"麦子这样下去不行,我们把他关起来算了。"

麦子便被关进村委会的一间地下室里。麦子每天喊:"我没病,我根本没病。他们做的坏事都是有人告诉我,我总做杀他们的梦,可我分不清我是梦中杀了人还是真的杀了人……"麦子的话没人听。

麦子的吃喝拉撒都在那间5平方米的地下室里。一个月后,麦子放出来了,麦子见了灿烂得耀眼的阳光,竟伤心地哭起来,哭过后又哈哈大笑。麦子真的疯了。

村主任说:"我的话没错吧,你们瞧,麦子是不是有病?"许多人附和:"麦子真的有病。"

新当选的村支书见麦子在捡地上的甘蔗吃,心里愧愧的,麦子,我不该把他们那些事告诉你,都是我害了你。可村支书又一想,如不这样,自己咋能当选村支书?村支书便"唉"地声长叹口气,掏了两块钱买了两根甘蔗递给麦子,笑着说:"麦子,吃吧。"